你没有古人浪漫

遇见美妙古诗词

凯荟文化 编著

中国书法出版传媒有限责任公司
CHINA CALLIGRAPHY PUBLISHING&MEDIA
书法出版社·北京

图书在版编目（CIP）数据

你没有古人浪漫：遇见美妙古诗词 / 凯荟文化编著. 北京：书法出版社有限公司, 2025.3. -- ISBN 978-7-5172-0700-9

I. I207.2-49

中国国家版本馆 CIP 数据核字第 2025TM4915 号

你没有古人浪漫：遇见美妙古诗词

编 著 者	凯荟文化
责任编辑	陈亚男
装帧设计	图鉴江山
出版发行	书法出版社有限公司　　发行部电话　010-65066428
地　　址	北京市朝阳区农展馆南里 10 号　邮　　编　100125
印　　刷	三河市泰丰印刷装订有限公司
开　　本	710 毫米 ×1000 毫米　　1/16
印　　张	10
字　　数	68 千
版　　次	2025 年 3 月第 1 版
印　　次	2025 年 3 月第 1 次印刷
定　　价	68.00 元

版权所有，不得翻印、转载，违者必究

什么是古人的浪漫？

古人的浪漫可以是诗词中四季美景的色彩与香气，也可以是诗人笔下山河美景的壮丽，还可以是英雄豪杰挥斥方遒的意气，更可以是文人雅士交往中的闲情与雅趣。总之，浪漫是一种用来表达诗意的美，挥洒在诗人的笔端上，也弥漫在生活的点滴中。

阅读古诗词就能让我们变得浪漫吗？

阅读古诗词，可以让你在看到太阳从东方缓缓升起时，脱口而出"日出东方隈，似从地底来"，而不仅仅是有"哇，太阳升起来了"这样的感叹；在看到细雨纷纷从天而降时，能脱口而出"天街小雨润如酥，草色遥看近却无"，而不是"你看，下雨了"这样平淡的描述；在看到漫天雪花飘落时，也不再是感叹"雪好大"，而是能吟唱出"忽如一夜春风来，千树万树梨花开"这脍炙人口的诗句。

浪漫是一种怡然自得的心境，愿古人的浪漫，能如清风拂过心田，为大家带来丝丝甜意与温馨。在忙碌的尘世中忙于奔波的你，能于此寻得宁静的港湾，让身心的疲惫悄然消散。

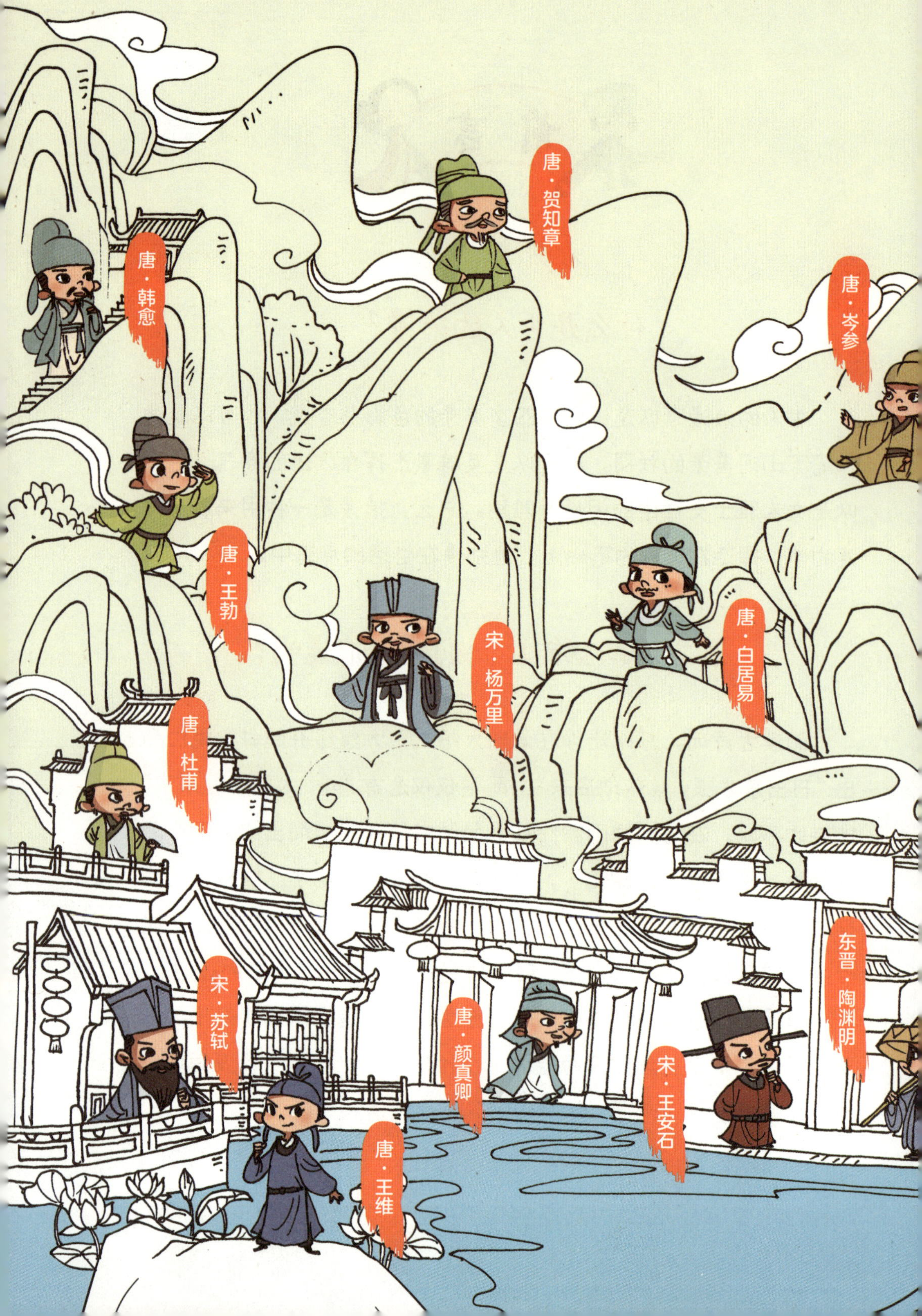

唐·贺知章
唐·韩愈
唐·岑参
唐·王勃
宋·杨万里
唐·白居易
唐·杜甫
东晋·陶渊明
宋·苏轼
唐·颜真卿
宋·王安石
唐·王维

作者

- 唐·陈子昂
- 唐·李商隐
- 唐·李白
- 唐·张九龄
- 宋·李清照
- 唐·王之涣
- 宋·陆游
- 唐·张继
- 唐·李远
- 宋·秦观
- 唐·王昌龄
- 宋·文天祥
- 唐·孟郊
- 唐·黄檗
- 唐·刘禹锡

目 录

第一章 四季美景的更替

第二章 壮丽的自然风光

凄美的边塞风光 /032
皎洁浪漫的月色 /036
江河流韵，湖海寄情 /040
波澜壮阔的名山大川 /044
历史悠久的名胜古迹 /048

古人眼里的雨 /002
凛冬飘落的雪 /006
每阵风都有一个诗意的名字 /010
万物复苏的春天 /014
生机勃勃的夏天 /018
金黄萧瑟的秋天 /022
寒风呼啸的冬天 /026

第三章 真诚恳切的祝福

向古人学习送春节祝福 /054
古人怎样送出生日祝福 /058
风雅的乞巧节 /062
月满团圆的中秋节 /066
登高望远的重阳节 /070

第四章 表达内心情绪与意志

勇士的铮铮傲骨 /076
少年意气风发 /080
古人笔下的思念之情 /084
古人如何表达自己的欣赏 /088
对自由的向往 /092
心中的意难平 /096
古人笔下的孤独 /100
古人的勤学精神 /104
与自己和解的智慧 /108

第六章 受用一生的座右铭

第五章 对人生百态的思考

给人力量的千古诗词 /114
古人的诗意生活 /118
真挚的朋友情谊 /122
感受温暖亲情 /126

凌云壮志 132
自省才能更快提升 /136
坚持不懈的力量 /140
抗争命运的决心 /144
不被困难击垮的勇气 /148

第一章

四季美景的更替

　　日月流转，季节更替，握不住，藏不了。古人却用曼妙至极的词语，刻画时间，让时光有了色彩与香气。

　　宋朝无门慧开禅师，曾把春夏秋冬最美好的事物进行了总结："春有百花秋有月，夏有凉风冬有雪。"唐代诗人韩愈，写过自然界在四季中极具代表性的声音："以鸟鸣春，以雷鸣夏，以虫鸣秋，以风鸣冬。"

古人眼里的雨

江湖救急！雨天要怎么描述呢？我感觉淅淅沥沥、倾盆大雨这样的词太普通了。

每种雨的状态都有不一样的韵味，不一样的色彩。我先带你学习一下古人的浪漫……

在古代，人们把雨表达得很有新意和韵味，先带你一起听听古人给雨起的名字，一起来欣赏这些来自词语的浪漫。

甘霖

我们仿佛能从"甘霖"这个简简单单的词中看到：人们站在干裂的土地上，流着激动的泪水，激情地跳跃，开心地欢呼，兴奋地呐喊。他们仰着头，迎接着从天而降的雨水，沐浴着向死而生的希望。

跳珠

跳珠不像"甘霖"那样，被土地贪婪地收藏，而像是生长在雨水充足的富庶之地，在水中漫不经心地弹跳，打发着悠闲而无聊的时光。

早春呈①水部张十八员外二首·其一

唐·韩愈

天街②小雨润如酥③，
草色遥看近却无。
最是④一年春好处，
绝胜⑤烟柳满皇都⑥。

注释

①呈：恭敬地送给。
②天街：京城街道。
③酥：酥油、奶油、乳汁，这里形容春雨的细滑润泽。
④最是：正是。
⑤绝胜：远远超过。
⑥皇都：长安城（唐朝京都）。

译文

　　京城街道上细密的春雨润滑如酥，远望草色依稀连成一片，近看时却显得稀疏零星。

　　这正是一年之中最美的早春时节，远远超过绿柳满城的春末。

浪漫充电站

白话：傍晚了，雨还在一直下。

诗词：廉纤晚雨不能晴，池岸草间蚯蚓鸣。
——唐·韩愈《游城南十六首·晚雨》

白话：花在淅淅沥沥的雨中飞舞。

诗词：自在飞花轻似梦，无边丝雨细如愁。
——宋·秦观《浣溪沙·漠漠轻寒上小楼》

白话：远处乌云密布，雨珠已经滴落在船上。

诗词：黑云翻墨未遮山，白雨跳珠乱入船。
——宋·苏轼《六月二十七日望湖楼醉书》

白话：昨晚下了一夜的雨。

诗词：小楼一夜听春雨，深巷明朝卖杏花。
——宋·陆游《临安春雨初霁》

夏 雨

夏日，骄阳似火，闷热笼罩着大地。忽然，乌云如墨汁打翻，迅速蔓延开来。豆大的雨点伴随着电闪雷鸣倾盆而下，砸在屋顶上，"噼里啪啦"作响；落在地面，溅起朵朵水花。

我冲进雨里，感受着雨滴的清凉与活力。雨水打湿了我的衣裳，却浇不灭我内心的欢快。

池塘里，雨滴落下，荷叶上水珠似玉，荷花在雨中更显娇艳。"微雨过，小荷翻，榴花开欲燃。"这雨让夏日的景色越发迷人。

我在雨中欢笑、跳跃，与这夏日之雨尽情嬉戏。它驱散了炎热，带来了清爽与喜悦，仿佛是大自然馈赠的一场欢乐盛宴，让我沉醉其中，忘却一切烦恼，只尽情享受这夏雨带来的美妙时光。

凛冬飘落的雪

今天的雪可真大啊！可是要怎么表达皑皑白雪才更有意境、更有美感呢？

无论是大雪纷飞，抑或是小雪轻盈，古人总能以丰富的想象和充沛的情感为每一片雪花赋予独特的意义，为雪创造出许多别致的雅称。

六出

草木之花多为五瓣，雪花却是六瓣，所以被称为"六出"。每一片雪花都像是大自然精心雕琢的艺术品，有着独特而精美的形状，或如六边形的薄片，或似带着精致花纹的星芒。

瑶英

瑶是美玉的意思，形容洁白晶莹的雪花。银装素裹的世界里，轻盈洁白的雪花，如同一只只身姿轻盈灵动的蝴蝶，在空中翩翩起舞。

有关雪花的雅称还有琼花、玉屑、玉沙、寒酥、银粟等。

春 雪

唐·韩愈

新年①都未有芳华②，
二月初③惊④见草芽。
白雪却嫌春色晚，
故⑤穿庭树⑥作飞花。

注释

① 新年：农历正月初一。
② 芳华：芬芳的花朵。
③ 初：刚刚。
④ 惊：新奇，惊喜。
⑤ 故：故意。
⑥ 庭树：庭院里的树木。

译文

新年已经来到，却还看不到芬芳的花朵，直到二月，才惊喜地发现小草冒出了新芽。白雪似乎也在抱怨春天姗姗来迟，故意化作花儿在庭院的树间穿飞，洒下一片飞花。

浪漫充电站

白话： 昨天的雪可真大啊！

诗词： 夜深知雪重，时闻折竹声。
——唐·白居易《夜雪》

白话： 梅花和雪花各有所长。

诗词： 梅须逊雪三分白，雪却输梅一段香。
——宋·卢梅坡《雪梅·其一》

白话： 雪景真美，百看不厌。

诗词： 花雪随风不厌看，更多还肯失林峦。
——唐·戴叔伦《小雪》

白话： 大雪过后，树上挂满了雪花。

诗词： 忽如一夜春风来，千树万树梨花开。
——唐·岑参《白雪歌送武判官归京》

冬 韵

　　冬雪，是大自然在岁暮时节馈赠给人间的一场盛宴。当第一片雪花从灰暗的天空中飘落时，即宣告着冬天的到来。

　　抬眼望去，远处的山峦在雪的覆盖下，仿佛是沉睡的巨人，安静而庄重。那起伏的山脉线条，在白雪的勾勒下，变得柔和而富有诗意，正如唐代祖咏所写："终南阴岭秀，积雪浮云端。"山上的树木也都披上了银装，有的树枝不堪重负，被压得微微弯曲，仿佛在向大自然的馈赠低头致谢。

　　湖面也结了一层薄薄的冰，雪花轻轻地落在上面，如同给湖面铺上了一层洁白的绒毯。湖边的垂柳，柳枝上挂满了毛茸茸的雪花，宛如一位位白发苍苍的老人，在寒风中诉说着岁月的故事。而那往日里色彩斑斓的花坛，此刻也被白雪覆盖，只隐隐露出一点边角的颜色，仿佛是一幅未完成的水墨画。

每阵风都有一个诗意的名字

风无形,却能被万物感知。在古人的笔墨间,风的形态被巧妙地描绘。

是的,古人给风取了多个富有诗意的名字,不仅描绘了风的特点,还蕴含了丰富的文化内涵。

暄风

因为春季气候转暖,春风通常带有温和、舒适的特点,因而也被称为暄风。"孤赏白日暮,暄风动摇频。"这句诗着重刻画了在春风的吹拂下,周边花草树木等景物随风摇曳的动态画面。

南风

夏天的风被称为南风,即从南方吹来的风。"溽暑雨将作,南风来解围。"这句话用拟人的手法,表现了在闷热潮湿的盛夏,一场大雨即将来临,这时南风轻轻吹来,像是来为人们解除这令人难受的暑热。

咏 风

唐·王勃

肃肃①凉风生,加②我林壑清。
驱烟寻涧户③,卷④雾出山楹⑤。
去来固⑥无迹,动息如有情。
日落山水静,为君起松声。

注释

①肃肃:形容快速。
②加:给予。
③涧户:山沟里的人家。
④卷:卷走,吹散。
⑤楹:堂屋前的柱子。山楹:指山间的房屋。
⑥固:本来。

译文

　　炎热未消的初秋,一阵清凉的风吹来,山谷林间顿时变得清爽凉快。它吹散了山中的烟云,卷走了山间的雾霭,显现出了山涧旁的房屋。凉风来来去去本来没有踪迹,可它的吹起和停息却好像很有感情,合人心意。当红日西下,大地山川一片寂静的时候,这时风又在松林间吹起,响起一片松涛声。

浪漫充电站

白话： 风能吹落秋天金黄的树叶，也能吹开春天美丽的鲜花。

诗词： 解落三秋叶，能开二月花。

——唐·李峤《风》

白话： 春雨是轻柔的，春风是和暖的。

诗词： 沾衣欲湿杏花雨，吹面不寒杨柳风。

——宋·志南《绝句》

白话： 秋风吹落了梧桐叶。

诗词： 金风细细，叶叶梧桐坠。

——宋·晏殊《清平乐》

白话： 希望严寒的北风不要摧残梅花。

诗词： 朔风如解意，容易莫摧残。

——唐·崔道融《梅花》

风是灵动的风景

风是一个灵动的画家，用自己描摹了四季。

春风来了，它吹动了被冰封住的美景。摆弄着桃花迷人的笑脸，吹来了油菜花阵阵沁人心脾的香味，让众人陶醉其中。

"长养薰风拂晓吹，渐开荷芰落蔷薇。"炎热的夏风吹开粉红色的荷花，青蛙跳到荷叶上，呱呱地唱着歌。树木长得枝繁叶茂，撑开了一把把大伞。人们在树荫里下象棋、吃西瓜，还有的在聊家常。

"秋风起兮白云飞，草木黄落兮雁南归。"秋风给田野披上了一件黄袍，又送给了苹果一件红短裙。农民伯伯忙得不亦乐乎，秋风吹来了丰收的季节。

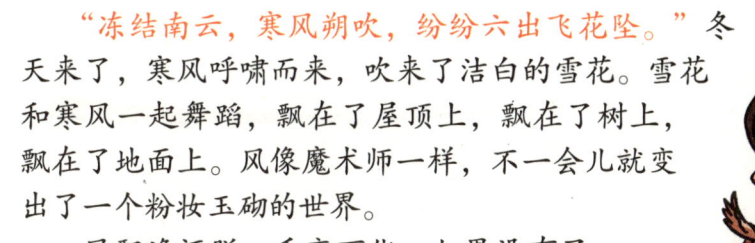

"冻结南云，寒风朔吹，纷纷六出飞花坠。"冬天来了，寒风呼啸而来，吹来了洁白的雪花。雪花和寒风一起舞蹈，飘在了屋顶上，飘在了树上，飘在了地面上。风像魔术师一样，不一会儿就变出了一个粉妆玉砌的世界。

风飘逸洒脱，千变万化，如果没有了风的遥控，大自然就少了很多灵动的风景。

万物复苏的春天

春天到了，我和家人，还有小伙伴会去踏青、放风筝，古人通常会做些什么事情呢？

古人可比我们浪漫多了，把春天过得多姿多彩。我先带你看看古人眼中的春日雅事，体验一下这些充满仪式感的浪漫。

荡秋千

从汉代起，荡秋千就是很受欢迎的春日活动。人们将秋千系于高高的树枝上，姑娘们身着飘逸长裙，轻盈荡起。

曲水流觞

风和日暖时，人们聚集在蜿蜒流淌的小溪旁，将酒杯放置于托盘上，任其顺流而下。酒杯停在谁的面前，谁就需要饮酒赋诗。

插柳

古人相信柳树能避邪祈福，因此清明节时，古人都会在门口插上一枝新柳。妇女们也会将柳枝戴在头上，在春风中，一枝枝新柳随风飘摇。

咏 柳

唐·贺知章

碧玉①妆②成一树③高，
万条④垂下绿丝绦⑤。
不知细叶谁裁出，
二月春风似剪刀⑥。

注释

① 碧玉：碧绿色的玉。这里用来比喻春天嫩绿的柳叶。

② 妆：装饰，打扮。

③ 一树：满树。一：满，全。在中国古典诗词和文章中，数量词在使用中并不一定表示确切的数量。

④ 万条：形容柳枝之多，体现出柳树的繁茂。

⑤ 绦：用丝编成的绳带。这里指像丝带，让人很容易联想到柳枝随风飘舞时的优美姿态，就像丝带在空中飘动一样。

⑥ 似剪刀：用剪刀来比喻春风，将无形的春风具象化，指春风就像一把剪刀一样，精心地裁剪出了这细细的柳叶。

译文

高高的柳树上长满了嫩绿的新叶，轻柔的柳枝垂下来，就像万条轻轻飘动的绿色丝带。不知道这细细的柳叶是谁的巧手裁剪出来的呢？原来是二月里的春风，它就像一把灵巧的剪刀。

浪漫充电站

春天到了,鸟儿们都飞回来了。

两个黄鹂鸣翠柳,一行白鹭上青天。

——唐·杜甫《绝句》

春天,阳光和煦,花朵都争先恐后地开放。

等闲识得东风面,万紫千红总是春。

——宋·朱熹《春日》

春天才刚到,桃花就迫不及待地开花了,鸭子也开始戏水了。

竹外桃花三两枝,春江水暖鸭先知。

——宋·苏轼《惠崇春江晚景》

在春天,花园里的花都开得好繁盛!

春色满园关不住,一枝红杏出墙来。

——宋·叶绍翁《游园不值》

春　耕

　　乡间清晨的雾气时浓时淡，似飘逸的薄纱，似柔软的云团。田野里，曾经在冬日里坚硬如石的泥土，在春雨的轻抚和暖阳的亲吻下，渐渐变得松软湿润。

　　我慢悠悠地走在田埂上。"叮当……叮当……"身后传来一阵清脆悠扬的铃铛声，在空旷的田间穿梭回荡。我循声望去，原来是邻居大叔。他右肩扛着犁耙，左手拽着牛绳，一头强壮的黄牛便乖乖地跟在身后，只留下一连串月牙形状的蹄印。婶婶背着干粪，提着水壶和种子。看样子，他们今天要去田地里播种。

　　"晓起烟千树，春耕雨一犁。"春天是耕作的最佳时节，经过雨水浇灌后的土地耕种起来要轻松得多。大叔负责犁地，他左手握紧牛绳和鞭子，右手抓着犁耙，不时拉拽绳子，随着一声声"喊"，示意黄牛前行、转弯或是停下。

生机勃勃的夏天

嘿嘿，说到夏天，除了火辣辣的阳光，我就只能想到冰激凌和西瓜了。你说，古人在夏天时都会做些什么呢？

每个人心中都有关于夏日的美好记忆：清越昂扬的蝉鸣，树影细密的斑驳……古人在夏天也有许多浪漫的活动，我们一起来看一看吧！

庭院消暑

古人会饮用各种冷饮来消暑。早在宋代，就有了"冰茶"，由散茶与冰混合或用茶粉加冰融合泡制而成。此外，还有雪泡梅花酒、酸梅汤、木瓜汁等饮品。

观星

古人对天文有浓厚的兴趣，夏夜晴朗，正是观星的好时机。

晒书曝画

夏天阳光充足，古人会将书籍、字画拿出来晾晒，防止霉变生虫。这不仅是对书籍和字画的保护，也是一种文化传承。

晓出①净慈寺送林子方

宋·杨万里

毕竟②西湖六月中③,
风光不与四时④同。
接天⑤莲叶无穷⑥碧,
映日⑦荷花别样⑧红。

注释

① 晓出:太阳刚刚升起。
② 毕竟:到底。
③ 六月中:六月中旬。
④ 四时:指春、夏、秋、冬四个季节。在这里指春、秋、冬三个季节。
⑤ 接天:像与天空相接。
⑥ 无穷:无边无际。无穷碧:因莲叶面积很广,似与天相接,故呈现无穷的碧绿。
⑦ 映日:映照着日光。
⑧ 别样:宋代俗语,特别,不一样。别样红:红得特别出色。

译文

到底是六月里的西湖,景色和别的季节迥然不同。满湖密密层层的莲叶清新碧绿,一望无垠,一直伸展到水天相接的地方;亭亭玉立的荷花绽蕾盛开,在阳光的辉映下,显得格外鲜艳娇红。

浪漫充电站

白话： 听！布谷鸟在叫，夏天来了。

诗词： 纷纷红紫已成尘，布谷声中夏令新。
——宋·陆游《初夏绝句》

白话： 好热，好热啊！

诗词： 炎炎日正午，灼灼火俱燃。
——唐·韦应物《夏花明》

白话： 向日葵和石榴花都开了，真漂亮啊！

诗词： 酷暑天，葵榴发，喷鼻香十里荷花。
——元·白朴《得胜乐·夏》

白话： 夏天夜晚不热的时间太短了，打开窗户透透气吧！

诗词： 仲夏苦夜短，开轩纳微凉。
——唐·杜甫《夏夜叹》

夏日蝉鸣

蝉鸣是夏天的标志,是大自然赋予这个季节的独特印记。在我心里,蝉鸣就是最能代表夏天的声音,每一只蝉都像是一位不知疲倦的音乐家。

它们栖息在高高的树枝上,或在绿叶的掩映下,用那对透明而坚韧的翅膀演奏自己的曲谱。有的蝉鸣清脆响亮,如同一串串晶莹剔透的珠子,在空气中跳跃、碰撞,发出"知了——知了——"的声音,节奏明快,充满了生机与活力;有的叫声低沉雄浑,像是古老的大钟被悠悠敲响,"吱——吱——"的鸣声在树林间回荡,颇有"蝉噪林逾静,鸟鸣山更幽"的韵味。那喧闹的蝉鸣,并没有打破山林的宁静,反而像是一种催化剂,让这份安静更加醇厚。

金黄萧瑟的秋天

我写秋天,只会秋高气爽、落叶纷飞、菊花满地。

很多人眼中的秋天或许萧瑟,但在诗人眼里,秋天别有一番浪漫之境。

金秋

金秋强调秋天的色彩。田野里,金黄色的稻谷谦逊地低垂着头,仿佛在向大地母亲表达敬意。银杏叶染上金秋的色彩,满树金黄。

商秋

古代用五音(宫、商、角、徵、羽)来配四季。当弹奏"商"音时,其声音给人一种高远、空旷的感觉。这种感觉和秋季天空高远澄澈的景象不谋而合。

桂序

"桂序"中的"桂"字取自桂花,桂花花期一般在9~10月,花朵芬芳馥郁。"序"有次序、季节的含义。所以"桂序"合起来就是用桂花表示秋天。

暮江吟①

唐·白居易

一道残阳②铺水中,
半江瑟瑟③半江红。
可怜④九月初三夜,
露似真珠⑤月似弓⑥。

注释

① 吟:古代诗歌的一种形式。
② 残阳:快落山的太阳的光。也指晚霞。
③ 瑟瑟:原意为碧色珍宝,此处指碧绿色。
④ 可怜:可爱。
⑤ 真珠:即珍珠。
⑥ 月似弓:农历九月初三,上弦月,其弯如弓。

译文

夕阳西下,渐渐消失的晚霞轻柔地铺在江面上。晚霞下的江水,一面倒映着鲜红的落日,一面荡漾着苍翠的绿波。九月初三的夜晚令人喜爱、陶醉,颗颗晶莹的露珠就像粒粒圆润的珍珠,一弯月牙像一把精巧的弯弓。

浪漫充电站

白话：秋天的夜晚太安静了，静得让人感到孤单。

诗词：月落乌啼霜满天，江枫渔火对愁眠。
——唐·张继《枫桥夜泊》

白话：到了秋天，树上的叶子都快掉光了。

诗词：无边落木萧萧下，不尽长江滚滚来。
——唐·杜甫《登高》

白话：山里下了一场雨，凉飕飕的，让人感到已是初秋。

诗词：空山新雨后，天气晚来秋。
——唐·王维《山居秋暝》

白话：虽然百花凋零，但橙子和橘子却挂满枝头。

诗词：一年好景君须记，最是橙黄橘绿时。
——宋·苏轼《赠刘景文》

秋之鹭影

秋日的傍晚，太阳渐渐西沉，晚霞如同被打翻的颜料盒，橙、红、黄、紫交织在一起，肆意地蔓延。每一种色彩都有着独特的韵味，橙红是热情的火焰，金黄是成熟的稻谷，紫红是娇艳的花朵，它们相互融合、渗透，构成了一幅色彩斑斓的天幕。

"落霞与孤鹜齐飞，秋水共长天一色"的景象，是这幅画卷中最为绚烂的章节。落霞中，一只孤鹜展翅高飞。它的身影在广阔的天空下显得如此渺小，却又无比坚韧。那孤独的身影，向着霞光飞去，闪烁着淡淡的光泽，与落霞一起在天空中舞动。它的飞翔姿态轻盈而矫健，每一次振翅都划破了空气的宁静，与那流动变化的晚霞相互呼应。它像是一位秋天的使者，带着自由与不羁，在这盛大的色彩盛宴中翱翔，为寂静的天空增添了一份灵动的气息。

寒风呼啸的冬天

冬天，草木凋零、动物冬眠，是不是一年中最没意思的季节？

冬，四时之尾也。它的美或体现在自然景色、生活情趣之内，或蕴含于人文情感之中。浪漫的古代诗人看到后把它们融进了诗里。

严冬

"严"有"程度深"之义，所以"严冬"也就成了极其寒冷的冬天的一种代称。在这个季节里，每一丝风都带着冰冷的气息，河流、湖泊都结上了厚厚的冰，冰面在阳光的照耀下闪烁着寒光。

玄冬

玄，在古代是黑色的意思，古人认为北方的冬天，天地一片苍茫，黑色是其主色调之一，所以用"玄冬"来称呼冬天。它描绘出冬季一种深沉、凝重的色调。冬天，就连阳光似乎也变得清冷了。

冬 夕

唐·岑参

浩汗①霜风刮天地，
温泉火井②无生意③。
泽国④龙蛇冻不伸，
南山⑤瘦柏⑥消残翠⑦。

注释

① 浩汗：广阔无垠，形容空间或面积广大。
② 火井：火炉。
③ 生意：生机、活力。
④ 泽国：在古代一般是指江河湖泊，多水的地区。
⑤ 南山：泛指山，不一定特指某一座山。
⑥ 瘦柏：形容柏树因寒冷而显得枯瘦，失去丰茂。
⑦ 消残翠：指柏树的青翠因严寒而消退，剩下的是凋零的景象。

译文

大风夹杂着霜雪呼啸肆虐在天地之间，即使泡着热水、围着火炉，也感觉不到丝毫暖意。河湖宛如龙蛇一样被冻得舒展不开，南山上枯瘦的松柏也因寒冷褪去了青翠，毫无生机。

浪漫充电站

白话：草木都开始凋零了，梅花却开始开放了。

墙角数枝梅，凌寒独自开。
——宋·王安石《梅花》

白话：屋外都堆起了好厚的雪。

晨起开门雪满山，雪晴云淡日光寒。
——清·郑燮《山中雪后》

白话：冬天来了，白天越来越短，黑夜越来越长。

岁暮阴阳催短景，天涯霜雪霁寒宵。
——唐·杜甫《阁夜》

白话：天空昏黄，又刮大风了，雪花漫天飞舞。

千里黄云白日曛，北风吹雁雪纷纷。
——唐·高适《别董大二首·其一》

冬日水墨

渐渐地，秋意已暮，万物走向凋零，大自然唯美谢幕。冬天从松树中露了个头，笑着说："我来啦！"

山上的草木，大多已经凋零，有的枝丫纵横交错，像是饱经沧桑的老者伸出的瘦骨嶙峋的手臂，有的则挂满了晶莹的雾凇，宛如玉树琼枝，只不过这不是春风的杰作，而是冬雪的馈赠。

村庄在这冬日的水墨景致中，宛如世外桃源般宁静。屋顶上厚厚的积雪，如同白色的毡帽，盖住了房屋原本的色彩，只留下一片洁白。烟囱里袅袅升起的炊烟，在寒冷的空气中缓缓升腾、飘散，像是一幅水墨画中用细笔描绘出的灵动线条，给这寂静的画面增添了几分人间烟火气。此时，若有行人路过，在雪地上留下一串串脚印，恰似在这张洁白的宣纸上落下的点点墨痕，"柴门闻犬吠，风雪夜归人"的画面仿佛就在眼前，那深深浅浅的脚印，或许就是归人急切回家的心情的写照。

飞花令

雨

行宫见月伤心色,夜雨闻铃肠断声。
　　　　　　　唐·白居易《长恨歌》
梧桐更兼细雨,到黄昏、点点滴滴。
　　　　　宋·李清照《声声慢·寻寻觅觅》

雪

白雪却嫌春色晚,故穿庭树作飞花。
　　　　　　　　唐·韩愈《春雪》
瑞雪惊千里,同云暗九霄。
　　　　　　　　唐·李峤《雪》

风

夜来风雨声,花落知多少。
　　　　　　　唐·孟浩然《春晓》
人面不知何处去,桃花依旧笑春风。
　　　　　　唐·崔护《题都城南庄》

春

春潮带雨晚来急,野渡无人舟自横。
　　　　　　唐·韦应物《滁州西涧》
春草如有情,山中尚含绿。
　　　　　唐·李白《金门答苏秀才》

夏

别院深深夏簟清,石榴开遍透帘明。
　　　　　　　　宋·苏舜钦《夏意》
绿树浓阴夏日长,楼台倒影入池塘。
　　　　　　　唐·高骈《山亭夏日》

秋

塞下秋来风景异,衡阳雁去无留意。
　　　　　宋·范仲淹《渔家傲·秋思》
秋空明月悬,光彩露沾湿。
　　　　唐·孟浩然《秋宵月下有怀》

冬

凄清冬夜景,摇落长年情。
　　　　唐·白居易《酬梦得霜夜对月见怀》
冬温频作雨,晨冷顿催晴。
　　　　　宋·陆游《送客至望云门外》

第二章

壮丽的自然风光

　　古人的诗词，总会在不经意间将那份景致与情感抒发得恰到好处，读起来仿佛自己也成了诗中人。当你于某年某月某日，看到眼前的景色，那首诗词会突然浮现在脑海中。

　　原来千百年前也有人和我眼见的情景别无二致，原来我们竟是如此心意相通，细细想来，这是多么美妙啊！

凄美的边塞风光

我想写一篇关于边塞旅行的作文，除了边塞、塞外、边关，我可以用哪些词来形容呢？

边塞诗一直是诗人们钟情的题材之一。塞外的广袤沙漠、终年积雪的高山、呼啸的狂风等，都是诗人们的灵感来源。

楼兰

古人常用楼兰形容遥远神秘的边塞，或者边塞的敌人、发生在边疆的战事。古人常用"斩楼兰"表达一种强烈的报国之志和英勇杀敌的决心。如"黄沙百战穿金甲，不破楼兰终不还""愿将腰下剑，直为斩楼兰"。

玉门

玉门关不仅仅是具有实物意义的军事要塞，更承载着诗人对边塞生活的想象，包括戍边的艰辛、战争的残酷、思乡的哀愁等诸多复杂情感。

大漠、瀚海、狼山等词语在诗中也常被用来象征边塞的广袤和荒凉。

凉州词二首·其一

唐·王之涣

黄河远上^①白云间，
一片孤城^②万仞^③山。
羌笛何须^④怨杨柳^⑤，
春风不度^⑥玉门关。

注释

① 远上：远远望去。
② 孤城：指孤零零的戍边城堡。这里指玉门关。
③ 仞：古代的长度单位。一仞相当于七尺或八尺。
④ 何须：何必。何须怨：何必埋怨。
⑤ 杨柳：指的是《折杨柳》曲。古诗文中常以杨柳指代送别。
⑥ 度：吹过。不度：吹不到。

译文

远远望去，澎湃的黄河水好像奔流在缭绕的白云中间。玉门关耸峙在壁立千仞的群山之中，显得孤峭冷寂。何必用羌笛吹起那哀怨的《折杨柳》曲去埋怨春光迟迟不来呢？这里实在过于荒凉，连和煦的春风都不愿吹过寒苦的玉门关。

浪漫充电站

白话： 月亮映照着边关。

明月出天山，苍茫云海间。
——唐·李白《关山月》

白话： 塞外风光雄浑壮阔。

大漠孤烟直，长河落日圆。
——唐·王维《使至塞上》

白话： 好大的雾，把连绵的雪山都遮住了，天空看起来好暗淡。

青海长云暗雪山，孤城遥望玉门关。
——唐·王昌龄《从军行七首·其四》

白话： 边塞高原太大了，感觉都走不到头。

走马西来欲到天，辞家见月两回圆。
——唐·岑参《碛中作》

边塞风光

雅丹地貌是大自然留下的杰作,堪称鬼斧神工。沟壑蜿蜒间,土包层层叠叠,形态各异,有的像匍匐的野兽,有的似战马长啸,有的如延绵的山峦,有的好似金字塔,有的似昂头的骆驼,有的如侧影的人脸,还有的如城堡……恍然如入幻境。

雅丹地貌虽然没有象征生命的植被,但也是五彩斑斓:褐黄的岩面,灰绿的沙土,暗红的石子……而最让人惊异的就是那一道道鲜亮的红色,就像是披在黄丘上的条条丝带,随着山体起伏蜿蜒,缥缥缈缈。

"君不见走马川行雪海边,平沙莽莽黄入天。"此行最意外的收获是,第一次近距离见到了古诗词中描绘的壮阔景象:在辽阔的荒漠中,一股黄色烟柱腾空而起,矗立在天地之间,先是较细的几缕,但见黄色烟柱裹挟着戈壁表层的沙石枯草,剧烈地抖动着向前移动,并迅速地扩展着、升腾着,直至天地相接,转瞬间便弥漫了大半个天空。而且,粗大的烟柱顶端呈现一片黄灰色的云彩,在空旷的荒原上更显得孤傲挺拔,蔚为壮观!

皎洁浪漫的月色

今晚的月亮真亮啊！古人有很多关于月亮的诗词，能帮我普及一下，他们是如何描写月色皎洁的吗？

月亮本身的形态变化以及关于它的种种传说都让诗人灵感爆发，创作出了很多描绘月亮的词语。

玉盘

"玉"字体现了月亮的质地和光泽。玉在中国文化中象征着美好、温润、纯净，用"玉盘"来形容月亮，生动地展现了月亮皎洁、圆润、光洁的外观，就像一个用美玉雕琢而成的圆盘悬挂在空中。

桂魄

"桂魄"这个词源于古代神话传说。古人认为月亮上有桂树，而"魄"有月光的意思，所以将月亮称为"桂魄"。这一称呼蕴含了丰富的神话色彩，使月亮与月宫桂树紧密相连。每当人们提及"桂魄"，脑海中便会浮现出月宫中桂树的朦胧影像，为月亮增添了一份神秘的美感。

山居秋暝①

唐·王维

空山②新③雨后，天气晚来秋。
明月松间照，清泉石上流。
竹喧④归浣女⑤，莲动下渔舟。
随意⑥春芳歇⑦，王孙⑧自可留。

注释

①暝：日落时分。
②空山：空旷、空寂的山野。
③新：刚刚。
④喧：喧哗。这里指洗衣服姑娘的喧笑声。
⑤浣女：洗衣服的姑娘。浣：洗涤衣物。
⑥随意：任凭。
⑦歇：消失，凋谢。
⑧王孙：原指贵族子弟，后来也泛指隐居的人。此处指诗人。

译文

一场新雨过后，山谷里空旷清新，初秋傍晚的天气特别凉爽。皎洁的月光映照在幽静的松林间，清澈的泉水淙淙地流淌在山石上。竹林中传来洗衣归来的少女的喧笑声，莲叶摆动，原来是顺流而下的渔舟正轻盈地穿过荷花丛。尽管春天的美景已经逝去，但眼前的秋光也足以令我流连。

浪漫充电站

白话：看，月光好像给地上铺了一层白霜。

诗词：床前明月光，疑是地上霜。
——唐·李白《静夜思》

白话：江水和月亮都明晃晃的，好像连成一片了。

诗词：江天一色无纤尘，皎皎空中孤月轮。
——唐·张若虚《春江花月夜》

白话：明月是多么的皎洁明亮啊！

诗词：明月何皎皎，照我罗床帏。
——汉·佚名《明月何皎皎》

白话：月亮把院子照得真亮堂！

诗词：中庭地白树栖鸦，冷露无声湿桂花。
——唐·王建《十五夜望月寄杜郎中》

掬一捧月光

当夕阳的余晖渐渐隐没，夜幕像一块黑色的绸缎缓缓展开，月光便悄然而至。起初，它只是天边的一抹银白，似是羞涩的少女，犹抱琵琶半遮面。

渐渐地，那银色的光辉越来越亮，直至整个月亮如同一面明镜高悬于夜空。"江天一色无纤尘，皎皎空中孤月轮。"一轮皓月悬于空中，月光皎洁无瑕，轻轻的、柔柔的，如同刚刚洗涤后的绸缎，静静飘入池面，融入水中。

几只顽皮的小鱼，从池岸扑入水中，溅起巨大的水花，不小心把水中的月儿吓哭了，哭得面部不清。

萤火虫想要哄哄娇滴滴的月儿，它们提着小灯笼聚拢过来，变成了五彩缤纷的"花灯秀"，月儿停止哭泣，露出了陶醉的微笑。

此时，两个月亮也呆呆地对着，它们或许在想："嗯？怎么对面的月亮和我一模一样呢？为什么我们总也不能相聚呢？"这个问题它们也想了好多好多年。

江河流韵，湖海寄情

水和空气一样，是我们生活中最不可或缺的东西，可是我要怎么把它描绘得更有韵味、更雅致呢？

"上善若水，水善利万物而不争。"水乃众生之源，因此，古人给水赋予了很多美称，也是我们独有的浪漫啊！

玉水

玉水指清澈透明的水，也用来形容美好的事物或景色。白居易在《寄崔少监》中写道，"弹为古宫调，玉水寒泠泠"，就是用水流声来形容琴声。

寒晶

寒晶比喻清澈的水，形容水的清澈透明如同寒冷的晶体，出自王安石《我所思寄黄吉甫》："我所思兮在彭蠡，一夜寒晶径千里。"

碧虚

在某些诗词中，用"碧虚"来描绘清澈的水面。例如，唐张九龄的《送宛句赵少府》中写道："华池澹碧虚。"这里的"碧虚"即指清澈的水面。

饮湖上初晴后雨二首·其二

宋·苏轼

水光潋滟①晴方好②,
山色空蒙③雨亦奇④。
欲⑤把西湖比西子⑥,
淡妆浓抹总相宜⑦。

注释

① 潋滟：水波荡漾、波光闪动的样子。
② 方好：正显得美。
③ 空蒙：迷迷茫茫、似有若无的样子。
④ 奇：美妙。
⑤ 欲：可以，如果。
⑥ 西子：即西施，春秋时期越国著名的美女。
⑦ 总相宜：总是很合适，十分自然。

译文

天清气朗时，阳光照耀下的西湖，水光盈盈，波光楚楚。雨天时，在雨幕笼罩下的西湖，山色空灵，似有若无。绝代佳人西施，无论是浓妆，还是淡抹，都光彩照人。西湖和她一样，无论是晴天，还是雨天，都独具韵味，非常迷人。

浪漫充电站

白话： 朋友坐的船越来越远，渐渐地都看不到了。

诗词： 孤帆远影碧空尽，唯见长江天际流。
——唐·李白《黄鹤楼送孟浩然之广陵》

白话： 黄河挟带大量泥沙流经各地。

诗词： 九曲黄河万里沙，浪淘风簸自天涯。
——唐·刘禹锡《浪淘沙九首·其一》

白话： 远处的天空看起来比近处的树林还低，江水中的月亮，好像伸手就能摸到。

诗词： 野旷天低树，江清月近人。
——唐·孟浩然《宿建德江》

白话： 洞庭湖水平静光滑，就像一面镜子。

诗词： 湖光秋月两相和，潭面无风镜未磨。
——唐·刘禹锡《望洞庭》

天下第一潮

"八月十八潮，壮观天下无。"这句苏轼的千古名句，如同一把神奇的钥匙，开启了我对钱塘江潮的无限遐想。终于，在一个秋风送爽的秋日，我有幸亲临钱塘江畔，目睹这"天下奇观"。

初时，江面风平浪静，远处的江水在阳光的照耀下，波光粼粼，与岸边的绿树青山相映成趣，构成了一幅宁静而美丽的画卷。午后一点左右，从远处传来一阵隐隐约约的轰鸣声，仿佛是天边传来的闷雷。人群开始骚动起来，有人兴奋地喊道："潮来了，潮来了！"我顺着声音的方向望去，只见水天相接的地方，出现了一条细细的白线。那白线快速地向我们移来，逐渐拉长、变粗，横贯江面。随着潮水的逼近，轰鸣声越来越大，仿佛千军万马奔腾而来。

"须臾却入海门去，卷起沙堆似雪堆。"转眼间，潮水已汹涌澎湃地来到眼前。那潮水犹如一堵高耸的水墙，浪头高达数米，气势磅礴。白色的浪花相互撞击，发出震耳欲聋的声响，如雷贯耳。江水如脱缰的野马，奔腾咆哮，势不可挡。站在岸边，我能感受到潮水带来的巨大冲击力，仿佛整个大地都在颤抖。

潮水继续向前涌去，后浪推着前浪，形成了一个个巨大的漩涡。江面上水花四溅，雾气弥漫，让人仿佛置身于仙境之中。

波澜壮阔的名山大川

我作文里写出来的山只会让人觉得冷峻、肃穆，怎样才能让它别有一番情致呀？

古人对山一直怀有敬畏和喜爱之情。他们根据山的形态、气势、地理位置等特点，为其赋予了各种富有诗意的名称。

翠微

翠微本义是指青翠的山色，也常用来指代山。因为山在远处看起来往往是一片青葱翠绿的景象，如"江涵秋影雁初飞，与客携壶上翠微"，描述的就是作者和朋友一起去登山。

崇阿

崇阿的意思是高大的山陵。"阿"有大的山陵之意，"崇"表示高。如"俨骖騑于上路，访风景于崇阿"，描绘出在高大山陵间探寻风景的情景，突出山的雄伟高大。

岚岫

"岚"是山间的雾气，"岫"是山，组合起来就是被雾气笼罩的山峦。这个称呼描绘出山在云雾之中若隐若现的朦胧美。例如，"寒翠入檐岚岫晓，冷声萦枕野泉秋"。

望 岳

唐·杜甫

岱宗①夫②如何？齐鲁青未了。
造化③钟④神秀，阴阳⑤割昏晓。
荡胸⑥生曾⑦云，决眦⑧入归鸟。
会当⑨凌⑩绝顶，一览众山小。

注释

① 岱宗：泰山，又名岱山或岱岳。古代以泰山为五岳之首，诸山所宗，故又称"岱宗"。历代帝王凡举行封禅大典，都在泰山。
② 夫：读"fú"。语气词，无实在意义。
③ 造化：大自然。
④ 钟：聚集。
⑤ 阴阳：阴指山的北面，阳指山的南面。这里指泰山的南北。
⑥ 荡胸：心胸摇荡。
⑦ 曾：同"层"，重叠。
⑧ 眦：眼角。决眦：眼角（几乎）要裂开。这是由极力张大眼睛远望归鸟入山所致。
⑨ 会当：终当，定要。
⑩ 凌：登上。凌绝顶：即登上最高峰。

译文

被称为五岳之首的泰山，到底有多雄伟？在齐鲁两地之外，还可以看到它青青的山影。大自然把神奇秀丽的景色都凝聚在泰山上，山南和山北在阳光的照耀下，界线分明。一面明亮如清晨，一面昏暗似傍晚。望着山中层层云气升腾，我的心胸也为之荡漾。我站在山顶极力远望，目送着归巢的飞鸟隐入山林。当人登上泰山的顶峰，俯瞰群山，而群山就会显得极为渺小。

浪漫充电站

白话：黄山峰峦叠嶂，像一幅画卷。

诗词：黄山四千仞，三十二莲峰。
——唐·李白《送温处士归黄山白鹅峰旧居》

白话：庐山从哪个角度看，都不一样。

诗词：横看成岭侧成峰，远近高低各不同。
——宋·苏轼《题西林壁》

白话：远方的山真可爱！如果它能看到我，应该也会这么想吧？

诗词：我见青山多妩媚，料青山见我应如是。
——宋·辛弃疾《贺新郎·甚矣吾衰矣》

白话：九华山又高又险。

诗词：凌空瘦骨寒如削，照水清光翠且重。
——唐·杜牧《九华山》

游黄山

都说黄山"峰奇石奇松更奇,云飞水飞山亦飞"。我一边小心翼翼地拾级而上,一边欣赏不断变化的风景。

山中云海茫茫,就像一缕缕炊烟,慢慢升腾,由淡渐浓,由低入高,像一层薄薄的青纱帐,轻柔地笼罩着绵延起伏的群山。有时它就像在和你玩捉迷藏,一会儿跑在你前头,等你再爬几步,一转眼,它又变换了位置。远处的云朵像一层层雪白的棉絮,飘来飘去,在林中时隐时现,如梦如幻,美不胜收。

沿途所有的山峰,几乎都由各种奇异怪石垒成,且以黑色居多,所以黄山也被当地人称为黟山。山石的形状,在不同的角度都能给人不同的视觉效果。莲花峰上的石头,正面看像鸳鸯戏水,如含情脉脉的一对鸟儿;侧面看又似龟兔赛跑,兔子跑累了在休息,龟却仍昂首挺胸,一副胜券在握的样子。

黄山的松树也是一绝,有的遒劲挺拔,枝干似钢铁般坚强,松针似钢针般坚硬;有的巧妙匍匐卧地,枝叶蔓延似海;有的枝条舒展,如凌空腾飞的蛟龙。

历史悠久的名胜古迹

我遇到难题了,我想写城市和名胜古迹,想让它更文雅,你能帮我想想办法吗?

当然,在此之前,我先带你了解一些古代城市名字的来源和出处,这些古代名称往往反映了它们的历史变迁和文化底蕴。

锦官城

三国蜀汉时期,成都因蜀锦出名,蜀汉王朝曾设锦官并建立锦官城以保护蜀锦生产,锦官城由此得名,也可简称锦城,如杜甫的"晓看红湿处,花重锦官城"。

金陵

公元前333年,楚威王熊商于石头城筑金陵邑,金陵之名即源于此。"地拥金陵势,城回江水流"说的就是南京地势雄伟,城池依山傍水,形成了天然的防御屏障。

江陵

"朝辞白帝彩云间,千里江陵一日还。""白帝"指白帝城,位于重庆奉节县瞿塘峡口的长江北岸,白帝山上;"江陵"则是今湖北省荆州市的古称。

枫桥夜泊[1]

唐·张继

月落乌啼[2]霜满天[3]，
江枫[4]渔火[5]对愁眠[6]。
姑苏[7]城外寒山寺，
夜半钟声[8]到客船。

译文

月亮已经落下，乌鸦仍然在啼叫，暮色朦胧，寒气满天。江边的枫树和渔船上的灯火，陪伴着忧愁难眠的我。姑苏城外寂寞清静的寒山古寺，半夜里敲响的钟声传到了我乘坐的客船里。

注释

① 夜泊：夜间把船停靠在岸边。
② 乌啼：一说法为乌鸦啼鸣，一说法为乌啼镇。
③ 霜满天：表示天气非常寒冷。
④ 江枫：一般解释作"江边枫树"。也有人认为指"江村桥"和"枫桥"。"枫桥"在吴县南门外西郊，本名"封桥"，因张继此诗而改为"枫桥"。
⑤ 渔火：通常指渔船上的灯火；也有说法是指一同打鱼的伙伴。
⑥ 对愁眠：伴愁眠的意思，此句把江枫和渔火进行了拟人化描述。
⑦ 姑苏：苏州的别称，因城西南有姑苏山而得名。
⑧ 夜半钟声：指当时半夜敲钟的风俗。

浪漫充电站

白话： 传说古时有个仙人，在这里登仙，留下了黄鹤楼。

诗词： 昔人已乘黄鹤去，此地空余黄鹤楼。

——唐·崔颢《黄鹤楼》

白话： 早就听说洞庭湖的美景，如今终于能登上岳阳楼欣赏。

诗词： 昔闻洞庭水，今上岳阳楼。

——唐·杜甫《登岳阳楼》

白话： 滕王阁紧临江心的沙洲，这里曾经是达官贵人们宴请宾客的地方。

诗词： 滕王高阁临江渚，佩玉鸣鸾罢歌舞。

——唐·王勃《滕王阁序》

白话： 扬州的二十四桥，在月色中显得格外清幽。

诗词： 二十四桥明月夜，玉人何处教吹箫。

——唐·杜牧《寄扬州韩绰判官》

乌衣巷

曲曲弯弯的乌衣巷，就像一部石质版的史书，镌刻着历史的风云变幻。

东晋时期，江南贵族王导、谢安两大家族聚居于此，由于两族子弟都喜欢穿乌衣以彰显身份的尊贵，因此得名乌衣巷。当年这里该有着怎样的繁华景象？高门大宅，宝马香车，华盖云集，白天雅人韵士如林，夜晚灯花灿烂如雨。

几百年后，当刘禹锡来到这里时，乌衣巷早已历经变迁而化为废墟。废墟之上芳草萋萋，斜阳如血，于是才有了刘禹锡"旧时王谢堂前燕，飞入寻常百姓家"的感慨。从豪门聚居地到残垣断壁的废墟，乌衣巷阅尽千年时光，已然成为金陵兴亡的象征。从此，乌衣巷名扬天下。

行走在这条幽静的小巷，这里的一砖一石，都在诉说着东晋以来的王朝更迭、韶华流逝。那些流传于世的千古名篇和书法绝笔，让后人对这个静默的小巷充满无尽的遐思和想象。

飞花令

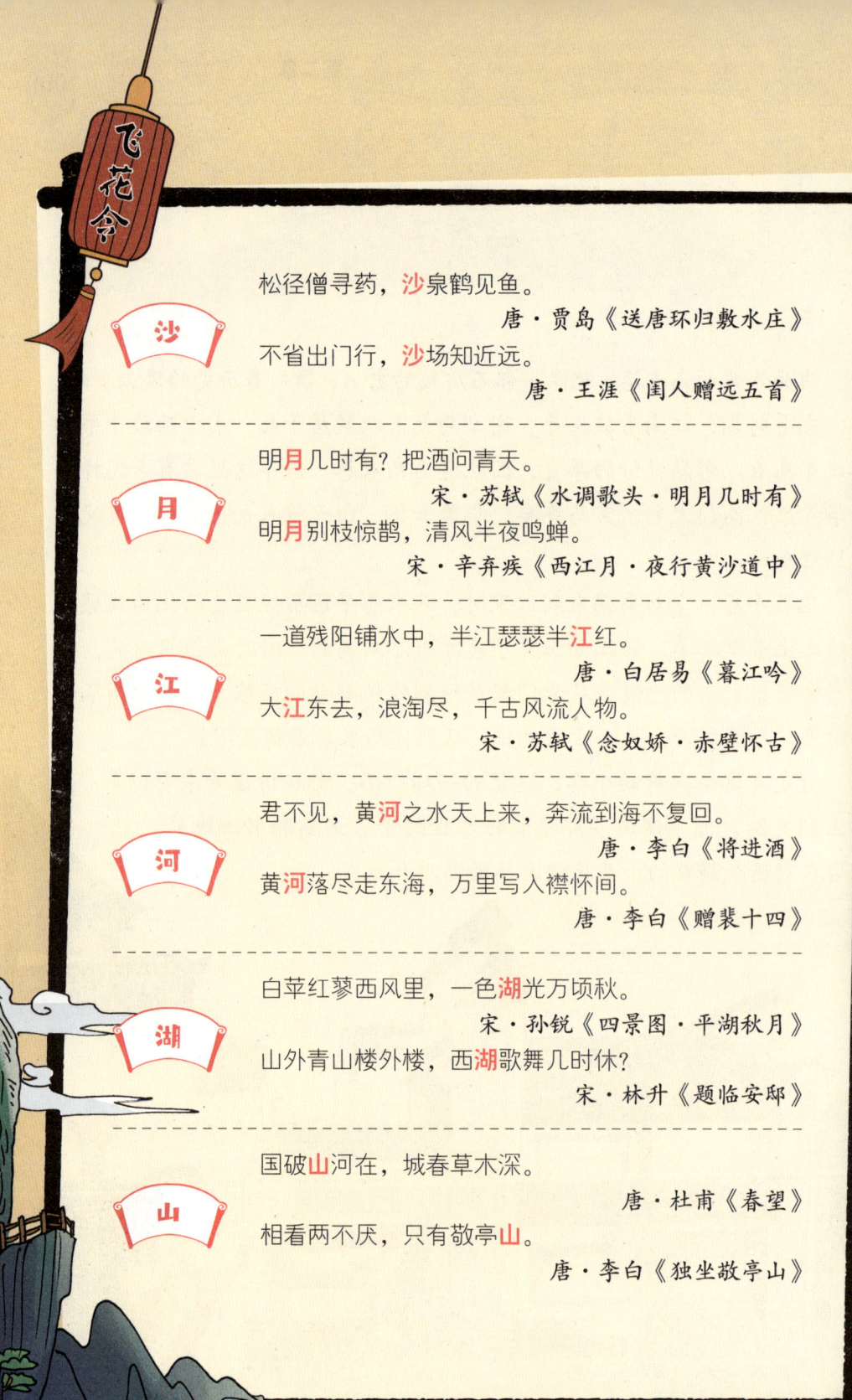

沙

松径僧寻药，沙泉鹤见鱼。
　　　　　　唐·贾岛《送唐环归敷水庄》
不省出门行，沙场知近远。
　　　　　　唐·王涯《闺人赠远五首》

月

明月几时有？把酒问青天。
　　　　　宋·苏轼《水调歌头·明月几时有》
明月别枝惊鹊，清风半夜鸣蝉。
　　　　　宋·辛弃疾《西江月·夜行黄沙道中》

江

一道残阳铺水中，半江瑟瑟半江红。
　　　　　　唐·白居易《暮江吟》
大江东去，浪淘尽，千古风流人物。
　　　　　宋·苏轼《念奴娇·赤壁怀古》

河

君不见，黄河之水天上来，奔流到海不复回。
　　　　　　唐·李白《将进酒》
黄河落尽走东海，万里写入襟怀间。
　　　　　　唐·李白《赠裴十四》

湖

白苹红蓼西风里，一色湖光万顷秋。
　　　　　宋·孙锐《四景图·平湖秋月》
山外青山楼外楼，西湖歌舞几时休？
　　　　　　宋·林升《题临安邸》

山

国破山河在，城春草木深。
　　　　　　唐·杜甫《春望》
相看两不厌，只有敬亭山。
　　　　　唐·李白《独坐敬亭山》

第三章

真诚恳切的祝福

　　祝福，代表着人们心中最真挚淳朴的愿望，希望自己或者亲友能在未来的日子里越来越好。为了表达对亲朋好友的祝福，诗人常常会以诗相赠，用意境深远的文字、韵律悠扬的诗句，寄托心中的美好祝愿。

　　那些热烈、诚挚、动人、温暖的句子，有一种令人如沐春风的浪漫与美好。

向古人学习送春节祝福

我们春节时会走亲戚、吃饺子、守岁，古时人们过年也和我们一样吗？

春节是中华民族最为隆重的传统节日。除了你提到的活动，古人还有其他充满仪式感的习俗呢！

正旦

正旦中的"正"有正月、纯正之意，在节日范畴内，它主要指正月初一。"正旦迎春仙仗集，端门待漏曙钟催"描写的就是盛大的迎春仪式。

岁旦

岁旦，即农历新年的首日，由上古时代的岁首祈岁祭祀演变而来。岁旦在传统农耕社会中具有重要的意义，包括拜神祭祖、祈岁纳福、驱邪禳灾、除旧布新、迎新春等庆典活动。

新正

新正强调"新"的一年和"正"月。唐代白居易有"共知欲老流年急，且喜新正假日频"的诗句。新正这个词语也体现了新年的新鲜活力和喜庆氛围。

除夜雪

宋·陆游

北风吹雪四更初,
嘉①瑞②天教③及岁除④。
半盏屠苏⑤犹未举,
灯前小草写桃符⑥。

注释

① 嘉：好。
② 瑞：指瑞雪。
③ 天教：天赐。
④ 岁除：即除夕。
⑤ 屠苏：酒名。饮屠苏酒是古代过年时的一种习俗，于大年初一饮用这种酒，以驱邪避疫，希望来年健康长寿。
⑥ 桃符：古代一种风俗。农历正月初一时人们用桃木板写上神荼、郁垒两位神灵的名字，悬挂在门旁，用来压邪。

译文

四更天初至时，北风带来一场大雪。这上天赐给我们的瑞雪正好在除夕之夜到来，预示着来年的丰收。我还没来得及举起盛了半盏屠苏酒的酒杯，依旧就着灯光用草体赶写着迎春的桃符。

浪漫充电站

白话：愿大家每天都像过年一样高兴。

诗词：愿得长如此,年年物候新。
——唐·卢照邻《元日述怀》

白话：新的一年,愿所愿皆所得!

诗词：愿新春以后,吉吉利利,百事都如意。
——宋·赵长卿《探春令》

白话：一年更比一年好。

诗词：大家沉醉对芳筵,愿新年,胜旧年。
——宋·杨无咎《双雁儿·除夕》

白话：祝大家万事如意!

诗词：去岁千般皆如愿,今年万事定称心。
——宋·释道原《景德传灯录》

春联里的年味儿

"爆竹声中一岁除，春风送暖入屠苏。"对我来说，春节的习俗，魅力最大的莫过于春联了。一张红纸铺在桌上，透过阳光映在人脸上，红彤彤的。笔架上挂着饱蘸墨汁的羊毫，微醺的墨香萦绕在房中。

我在桌上铺一块毛毡，把红纸裁好，在砚台中倒入清香的墨汁。淡淡的墨香氤氲在空气中，弥漫在家中每一个角落。爷爷提起笔，饱蘸墨汁，再在砚盘底轻刮两下，多余的墨便如小溪般淌下。笔尖触纸，不一会儿，一个苍劲的字便跃然纸上。爷爷的眼睛盯着红纸，笔尖轻点，手腕快速抖动，运笔灵活潇洒，似清风般灵动飘逸，入木三分，刚劲有力，很快，一副龙飞凤舞的对联便呈现在我面前。

我嚷着要写"福"字，爷爷便用他粗糙有力的手包住我的手，站在我后面，手把手地教我写。我能感到爷爷的手心渗出的汗。好不容易写完，我看看自己的"杰作"，不禁笑了。

对联上的墨干了，就到了贴的时候了。我们把旧对联取下，"千门万户曈曈日，总把新桃换旧符"，爸爸站在椅子上，用胶带把对联贴好，妈妈则扶着椅子，生怕他摔下来。我负责贴"福"，我把"福"字倒过来，贴在门中间，又用手压了压胶带。我不禁又闻了闻那纸上的墨香，仍沁人心脾。

古人怎样送出生日祝福

古人也管出生的日子叫生日吗？

对于这个我们来到世界上的日子，他们赋予了它很多雅致有趣的名字。

初度

在古代，一个人刚出生时的雅称叫"初度"。初者，始也。这时我们刚刚来到这个世界，什么都没有，什么也不清楚，干净如一张白纸，就连名字也需要父母赐予。"皇览揆余初度兮，肇锡余以嘉名"讲的就是父亲为刚出生的宝宝取名字。

芳辰

芳，本义指花草的香气，常用来形容美好、美丽的事物。辰，可表示时日、时光。二者结合为"芳辰"，就寓意着美好的时光或日子，多用于祝贺年轻女子的生日，象征青春的美好。

鹤算

祝寿之辞，也指生日。古人称鹤为仙禽，寓意长寿祥和。在古代文献中，"鹤算"常与"龟龄"一起使用，形成成语"龟龄鹤算"，比喻人的长寿。

翦 彩

唐·李远

翦彩①赠相亲，银钗缀凤②真。
双双衔绶鸟③，两两度桥人。
叶逐金刀④出，花随玉指新⑤。
愿君千万岁，无岁不逢春。

注释

① 翦彩：剪裁彩绸，古代常用作礼物，表示祝福。
② 银钗缀凤：银钗上镶嵌着凤凰图案，象征吉祥和美丽。
③ 衔绶鸟：口衔绶带的鸟。绶带是古代官员的标志，这里象征吉祥和高贵。
④ 金刀：剪刀。叶逐金刀出：树叶随着剪刀裁剪而呈现，形容技艺高超。
⑤ 新：绽放。花随玉指新：花朵随着手指的动作而绽开盛放，形容手工精细。

译文

剪下精美的彩帛赠送给亲友，那银钗上点缀着的凤凰栩栩如生。

彩帛上双双绘制着口衔绶带的鸟儿，也有两两走过鹊桥的牛郎织女。

叶片随着锋利的金剪刀剪出而呈现，花朵随着洁白的手指裁剪而盛开。

祝愿您能够长命千万岁，每一年都如同春天般充满生机与美好，岁岁皆有好光景。

浪漫充电站

白话： 每长大一岁都是礼物。

诗词： 一岁一礼，一寸欢喜。
　　　　——《四库全书》

白话： 祝身体健康，无忧无虑。

诗词： 一阳生后逢生日，日渐舒长寿更长。
　　　　——宋·管鉴《鹧鸪天·为妻寿》

白话： 希望我年年都能为你庆祝生日。

诗词： 但愿白发兄，年年作生日。
　　　　——宋·苏轼《子由生日》

白话： 祝您寿比松椿！

诗词： 祝千龄，借指松椿比寿。
　　　　——宋·李清照《长寿乐·南昌生日》

温馨的生日

今天是外婆生日，家里一派喜气洋洋的景象。客厅墙上挂着一个大大的寿字，桌子上摆着一个大大的寿桃……看到亲朋好友纷纷上门道贺，外婆饱经风霜的脸上堆起孩子般的笑容。

妈妈将制作有鲜红"寿"字的蛋糕摆在餐桌上，小心翼翼地插上蜡烛并点燃。在大家的簇拥下，外婆笑意盈盈地许了一个愿，轻轻地吹灭蜡烛。一阵热烈的掌声后，响起舅舅浑厚的声音："我先送上祝福，'如月之恒，如日之升。如南山之寿，不骞不崩。如松柏之茂，无不尔或承'。"妈妈也不甘示弱，笑眯眯地说道，"但愿一年一上、一千龄"。特意从外地赶来的舅公也祝福外婆，"岁岁春无事，相逢总玉颜"。"今年见，明年重见，春色如人面"，我也见缝插针地凑起热闹。

想不到为外婆祝寿居然变成了赛诗大会，寿宴上响起长时间的掌声和叫好声。看到子孙满堂，其乐融融，外婆喜上眉梢。我们都衷心地希望时光走得再慢点，再温柔一些，希望外婆能和我们一起过更多的生日。

风雅的乞巧节

七夕节为什么又被叫作乞巧节呢？

七夕最初只是为了纪念织女。年轻女子会在七月初七晚上向她乞求智慧和巧艺，同时还有很丰富的活动呢！

穿针乞巧

七月初七这天傍晚，年轻妇女和姑娘手执五彩丝线和连续排列的九孔针（或五孔针、七孔针），对月连续穿针引线，谁先把针穿完，就预示着她"得巧"，将来能成为巧手女。

投针验巧

女孩子在七夕前一天准备一个面盆，倒入"鸳鸯水"，即将白天取的水和夜间取的水混合在一起，或取雨水、井水各半混合，盛在盆中露天放一夜后，表面依稀生成薄膜。七夕当天午后，就可以"验巧"了。姑娘们把缝衣针轻轻放进水里，观察针影。如果针影似云彩、花朵、鸟兽，即为"得巧"。反之，若针影细如线、粗如棒槌等，就是"未得巧"。

鹊桥仙①·纤云②弄巧③

宋·秦观

纤云弄巧，飞星④传恨，
银汉⑤迢迢⑥暗度⑦。
金风玉露⑧一相逢，
便胜却人间无数⑨。
柔情似水，佳期如梦，
忍顾⑩鹊桥归路。
两情若是久长时，
又岂在朝朝暮暮。

译文

轻盈的云彩在天空中幻化成各种巧妙的花样，天上的流星传递着相思的愁怨。在金风玉露之夜，牛郎和织女这对久别的情侣悄悄渡过遥远的银河相会，这美好的一刻，就抵得上人间无数的儿女情长。

缱绻的柔情像流水般绵绵不断，这如梦似幻的短暂相聚，最终还是要结束。分别时，牛郎、织女各自踏上归去的路，怎忍回望？其实，只要两情相悦，至死不渝，又何必朝朝暮暮相守，日日夜夜相伴呢？

注释

① 鹊桥仙：词牌名。
② 纤云：轻盈的云彩。
③ 弄巧：指云彩在空中幻化成各种巧妙的花样。
④ 飞星：流星。一说法指牵牛、织女二星。
⑤ 银汉：银河，天河。
⑥ 迢迢：遥远的样子。
⑦ 暗度：悄悄渡过。
⑧ 金风玉露：指秋风白露。
⑨ 无数：借指人世间的很多夫妻。
⑩ 忍顾：怎忍回视。

浪漫充电站

白话：七夕节的夜晚，听说天空中会出现牵牛星和织女星相会的场景。

诗词：七夕今宵看碧霄，牵牛织女渡河桥。

——唐·林杰《乞巧》

白话：七夕将至，全家人高高兴兴地准备宴席，迎接佳节。

诗词：络角星河菡萏天，一家欢笑设红筵。

——唐·罗隐《七夕》

白话：为了牛郎织女的七夕相会，很多喜鹊会来帮他们搭桥。

诗词：牛女相期七夕秋，相逢俱喜鹊横流。

——唐·曹松《七夕》

白话：看！银河旁边有座鹊桥，牛郎织女相会后，正翩翩起舞。

诗词：桥成汉渚星波外，人在鸾歌凤舞前。

——宋·晏几道《鹧鸪天·当日佳期鹊误传》

七夕乞巧

"家家乞巧望秋月，穿尽红丝几万条。"七夕节乞巧最普遍的方式，就是对月穿针。小时候，在老家陪爷爷时，幸运地遇过一次月下穿针的活动，现在回想起来，仍印象深刻。

只是农历七月初七时，月亮是上弦月，还只是一弯月牙，月光微弱，所以此时月下穿针还是有一定难度的。单是乞巧时用的针，就有双眼针、五孔针、七孔针、九孔针之别。

七夕当天晚上，待到入夜，月儿凌空，银辉洒地，"穿针乞巧"大赛就要开始了。

只见姐姐们一手拿针，另一手捻线，屏息凝神地对着月光穿针。月下穿针本就是对目力的考验了，谁承想晚风也会来捣乱，正所谓"向月穿针易，临风整线难"。不过，姐姐们丝毫不受干扰，专注于手里活计的她们，眼睛都亮得像星星，就盼着能穿出个好彩头。

当有人成功地将丝线穿过针眼时，其他女孩会发出阵阵欢呼和掌声。而未能成功的女孩也不气馁，希望在下轮比赛中能够取得好成绩。赛后，她们还会互相交流穿针的技巧，互相鼓励，为彼此加油。

月满团圆的中秋节

考考你，你知道古人都怎么称呼中秋节吗？

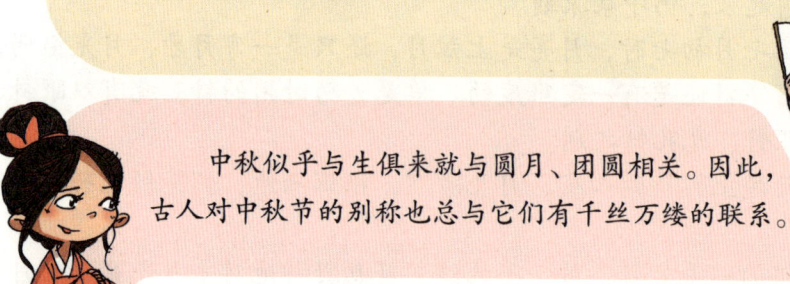

中秋似乎与生俱来就与圆月、团圆相关。因此，古人对中秋节的别称也总与它们有千丝万缕的联系。

月夕节

因为中秋之夜的月亮比其他几个月的月亮更满更亮，是赏月的最佳时机，所以又把中秋称作"月夕"。《梦粱录》中曾记录："八月十五日中秋节，此日三秋恰半，故谓之'中秋'。此夜月色倍明于常时，又谓之'月夕'。"

玩月节

古代的中秋，人们有月下游玩、设宴赏月的习俗，因而又称"玩月节"。北宋孟元老在《东京梦华录》中记载，"中秋夜，贵家结饰台榭，民间争占酒楼玩月"。

望月怀远①

唐·张九龄

海上生明月，天涯共此时。
情人②怨遥夜③，竟夕④起相思。
灭烛怜⑤光满，披衣觉露滋⑥。
不堪盈⑦手赠，还寝⑧梦佳期。

注释

①怀远：思念远方的亲人。
②情人：多情的人，指作者自己；一说法指亲人。
③遥夜：长夜。怨遥夜：因离别而幽怨失眠，以至于抱怨夜长。
④竟夕：一整夜。
⑤怜：爱。此处可理解为怜惜、喜爱月光的意思。
⑥滋：湿润。
⑦盈：满。盈手：双手捧满。
⑧还寝：重新回到卧室入眠。

译文

一轮明月在大海之上升起，你我虽然相距很远，此时也可一同欣赏这美好的月色。夜晚，天各一方的有情人难以入眠，抱怨黑夜漫长，一整夜辗转反侧思念着对方。吹灭蜡烛，清亮的月光洒满屋内，让人心生怜爱；披衣到院中徘徊，不知不觉间露水润湿了衣裳。真想用双手捧满一捧月光送给远方的亲朋，但却无能为力。不如回床睡觉，或许能与你们欢聚在梦乡。

浪漫充电站

白话：我们虽然相隔千里,但也能一起欣赏这美好的月色。

诗词：但愿人长久,千里共婵娟。
——宋·苏轼《水调歌头·明月几时有》

白话：中秋之夜,明月就像从大海中升起到天空上。

诗词：中秋云尽出沧海,半夜露寒当碧天。
——唐·许浑《鹤林寺中秋夜玩月》

白话：朵朵小巧的桂花,扑簌簌地往下掉落。拾起来一看,花朵上还带着新鲜的露水呢!

诗词：玉颗珊珊下月轮,殿前拾得露华新。
——唐·皮日休《天竺寺八月十五日夜桂子》

白话：玉兔把药杵放在一旁,看来是想偷懒;嫦娥满脸忧愁地合上了镜匣。

诗词：药杵放闲灵兔懒,镜奁掩却素娥愁。
——宋·李昴英《中秋无月》

赏 月

一年又一年，每逢"江天一色无纤尘，皎皎空中孤月轮"的夜晚，虽猜不透"天上宫阙，今夕是何年"，也不知偌大的天穹里今夜是否也有"小饼如嚼月，中有酥和饴"的美食，我都会和家人一起，一边赏月，一边聚精会神地听爷爷讲中秋节的故事。听他讲嫦娥奔月、吴刚伐桂、玉兔捣药的故事；知道了在中秋这一天人们要赏月、吃月饼、玩花灯、饮桂花酒；知道了中秋节又叫拜月节、团圆节等习俗和文化……

诗仙说得好，"今人不见古时月，今月曾经照古人。古人今人若流水，共看明月皆如此"。不知是爷爷绘声绘色的讲解太具吸引力，还是天上漂亮的嫦娥和可爱的玉兔也想听一听这些有趣的故事，总之，她们优哉游哉地来到我家院门外那棵高大的树梢上就停下不走了。我想，此时如果有个梯子攀上去，一定能看得清她美丽的容颜，够得着她翩跹的衣袖。

登高望远的重阳节

现在重阳节有敬老爱老的主题，古人也这么庆祝重阳节吗？

在古代，除了尊老，重阳节的其他庆祝活动也非常丰富，仿佛"嘉年华"。

登高望远

农历九月初九，正是秋高气爽的时节。秋色宜人，登高欣赏天高云淡的秋景是必备活动之一。"江涵秋影雁初飞，与客携壶上翠微。"诗人杜牧就在重阳节这天，邀请朋友登山饮酒庆祝佳节。

遍插茱萸

古人认为在重阳节这一天插茱萸可以避难消灾。于是便把茱萸插在头上，或佩戴在手臂上，或做成香囊戴在身上。"白头太守真愚甚，满插茱萸望辟邪"说的就是重阳节古人插茱萸以压邪的习俗。

九月九日①忆山东兄弟

唐·王维

独在异乡②为异客③,
每逢佳节倍思亲。
遥知兄弟登高④处,
遍插茱萸⑤少一人。

注释

① 九月九日：即重阳节。古以九为阳数，故为重阳。
② 异乡：他乡，外乡。
③ 为异客：作他乡的客人。作者描述的是一种孤独的心境。
④ 登高：古有重阳节登高的风俗。
⑤ 茱萸：一种植物，古时人们认为重阳节插戴茱萸，可以防虫、辟邪、驱恶。

译文

我独自一人在他乡漂泊，是个作客他乡的游子，也无法与亲朋团聚，所以每逢节日就加倍思念远方的亲人。今天重阳节，遥想兄弟们头插茱萸登高望远的场景，可惜只少我一人。

浪漫充电站

白话： 听说重阳佳节这天，有喝菊花酒、登高望远的习俗。

诗词： 九日黄花酒，登高会昔闻。
——唐·岑参《奉陪封大夫九日登高》

白话： 重阳节这天，我在望乡台思念故乡，参加宴会，为客人饯行。

诗词： 九月九日望乡台，他席他乡送客杯。
——唐·王勃《蜀中九日》

白话： 菊花真"可怜"，两天内连续遇到人们的登高、宴饮，两次被摘。

诗词： 菊花何太苦，遭此两重阳？
——唐·李白《九月十日即事》

白话： 等到重阳节到来时，我还要来这里观赏菊花。

诗词： 待到重阳日，还来就菊花。
——唐·孟浩然《过故人庄》

重阳赏菊

"中秋才过又重阳，又见花糕各处忙。"重阳节，在每年的农历九月初九，二九相重，又称为"重九"，是中国传统节日。在这个节日里，人们会通过各种方式来庆祝，表达对美好生活的向往以及对亲人的思念。

菊花，是重阳节的象征之一，在重阳节赏菊，是一种传统习俗。在这个季节，菊花盛开，烂漫如锦。难怪有诗云："待到秋来九月八，我花开后百花杀。冲天香阵透长安，满城尽带黄金甲。"它们或如繁星点点，散落在田野间；或如锦缎般铺满山坡，给大地披上一层绚丽的色彩。那一朵朵菊花，形态各异，有的像绣球，圆润饱满；有的像龙爪，耀武扬威；有的花瓣下垂，如同瀑布。颜色也是丰富多彩：金黄色的，如太阳般耀眼；白色的，如雪花般纯洁；粉色的，如桃花般娇艳；紫色的，如葡萄般晶莹。每朵菊花都有它独特的魅力，让人陶醉其中，流连忘返。

飞花令

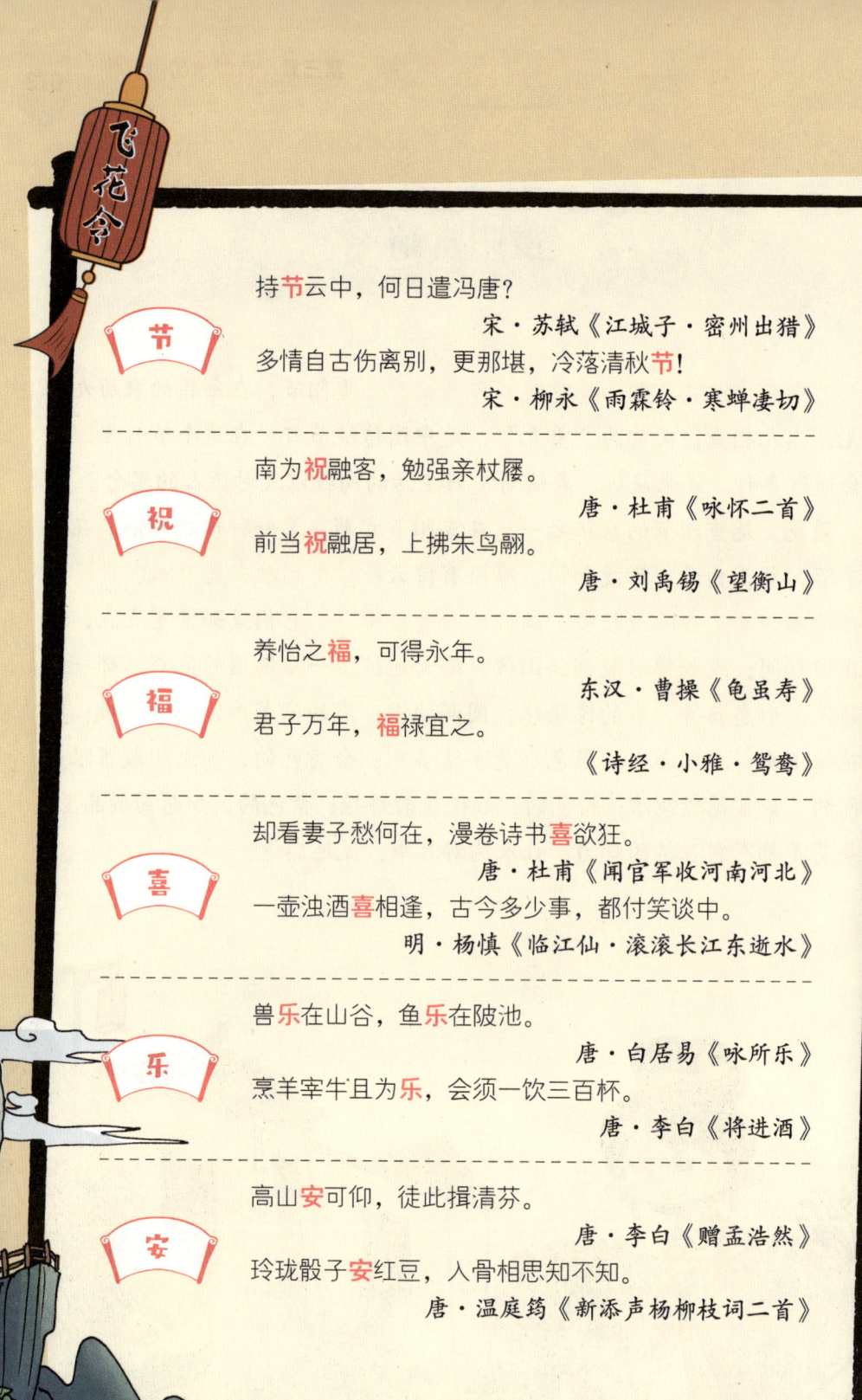

节

持**节**云中，何日遣冯唐？
　　　　　　宋·苏轼《江城子·密州出猎》
多情自古伤离别，更那堪，冷落清秋**节**！
　　　　　　宋·柳永《雨霖铃·寒蝉凄切》

祝

南为**祝**融客，勉强亲杖履。
　　　　　　唐·杜甫《咏怀二首》
前当**祝**融居，上拂朱鸟翮。
　　　　　　唐·刘禹锡《望衡山》

福

养怡之**福**，可得永年。
　　　　　　东汉·曹操《龟虽寿》
君子万年，**福**禄宜之。
　　　　　　《诗经·小雅·鸳鸯》

喜

却看妻子愁何在，漫卷诗书**喜**欲狂。
　　　　　　唐·杜甫《闻官军收河南河北》
一壶浊酒**喜**相逢，古今多少事，都付笑谈中。
　　　　　　明·杨慎《临江仙·滚滚长江东逝水》

乐

兽**乐**在山谷，鱼**乐**在陂池。
　　　　　　唐·白居易《咏所乐》
烹羊宰牛且为**乐**，会须一饮三百杯。
　　　　　　唐·李白《将进酒》

安

高山**安**可仰，徒此揖清芬。
　　　　　　唐·李白《赠孟浩然》
玲珑骰子**安**红豆，入骨相思知不知。
　　　　　　唐·温庭筠《新添声杨柳枝词二首》

第四章

表达内心情绪与意志

古人对于情绪的表达讲究含蓄凝练。所以，诗人们的抒情往往不是直抒胸臆，而是言在此，意在彼。写景则借景抒情，咏物则托物言志。也正因此，现在我们看到某物某景时，便能体会到古代诗人们当时的情绪。

勇士的铮铮傲骨

给我支支招儿,你知道古人都怎么称呼骁勇、强悍的战将吗?

古人不仅用霸气的诗词来描述这些勇士,而且还创造了很多词语来形容他们。

武安君

古代封号名,最早出现于西周时期。武安,意为能安邦胜敌。在战国时期,武安君是武将的最高荣誉。

骠骑大将军

这个封号出现在汉武帝时期,是汉武帝为名将霍去病所设,在汉代,是仅次于大将军的高级军事职位。骠,原本是形容马快跑的样子,后引申为骁勇、勇健的意思。

虎贲

"虎贲"一词,最早见于《尚书》,指的是负责守卫王宫、护卫君主的专职人员和军中骁楚者、勇士,也寓意着如同猛虎般勇猛矫健的力量和无畏守护的精神。

夏日绝句

宋·李清照

生当作人杰①，
死亦为鬼雄②。
至今思项羽③，
不肯过江东④。

注释

① 人杰：人中的豪杰。汉高祖曾称赞开国功臣张良、萧何、韩信是"人杰"。
② 鬼雄：鬼中的英雄。屈原《九歌·国殇》记载有："身既死兮神以灵，子魂魄兮为鬼雄。"
③ 项羽：秦末农民起义领袖之一，自立为西楚霸王，与刘邦争夺天下，在垓下之战中，兵败自杀。
④ 江东：项羽当初随叔父项梁起兵的地方。

译文

人活着时，就要做人中的豪杰，为国家建功立业；死也要为国捐躯，成为鬼中的英雄。直到今天，人们还在思念项羽，因为他宁死也不肯苟且偷生，退回江东。

浪漫充电站

白话： 到时候我一定拉满弓箭，射向敌人。

诗词： 会挽雕弓如满月，西北望，射天狼。
——宋·苏轼《江城子·密州出猎》

白话： 我并不为没能见到先贤前辈而遗憾。我更遗憾的是，他们见识不到我的疏狂傲气。

诗词： 不恨古人吾不见，恨古人不见吾狂耳。
——宋·辛弃疾《贺新郎·甚矣吾衰矣》

白话： 为国牺牲，战死沙场，是人生荣幸，何必考虑归葬的问题。

诗词： 只解沙场为国死，何须马革裹尸还。
——清·徐锡麟《出塞》

白话： 士兵挥动兵器，气势十足。

诗词： 慷慨争挥壮士戈，洗兵竟欲挽天河。
——清·黄遵宪《羊城感赋六首·其四》

雁门关怀古

雁门关位于山西省代县境内,是长城上的重要关隘,以"险"著称,被誉为"中华第一关"。

登上雁门关的雁楼,眼前豁然开朗。苍茫的群山,绵延的长城,高耸的燕塔,寂寞的烽燧……边塞诗歌中描写的风光尽在眼前。

都说一座雁门关,半部华夏史。在三千多年的历史岁月中,它始终与中华民族的命运息息相关。这卷史册上记载了许多历史大事:汉高祖北征、昭君出塞、杨家将镇守三关、宋钦徽二帝北掳;刻下无数的英雄人物:战国时期李牧、蒙恬,汉代卫青、霍去病、李广,唐代薛仁贵,宋代潘美、杨家诸将,明代周遇吉……"一将功成万骨枯",长期战争,兵连祸结,给百姓造成沉重苦难,给民族带来深重灾难,给文明带来严重创伤。我们必须铭记历史,警钟长鸣,止戈为武。

离开时,回望薄薄余晖与淡淡烟云笼罩下的雁门关,美好、静穆和厚重。关山重重,它的丰姿是那样奇秀。

少年意气风发

人们常说少年意气,它到底是指什么呀?

古人对少年意气的描绘和赞美在诗词中屡见不鲜,它主要包括以下几个方面。

英气

少年勇敢自信,不畏强敌。例如,"鲸饮未吞海,剑气已横秋",展示的就是辛弃疾渴望建功立业的雄心壮志,折射出他冲天的豪气,表达了杀敌报国、收复中原的豪壮之情。

自信

自信是指对自己的能力和价值有一种坚定的信念和自豪感。例如,"天生我材必有用,千金散尽还复来"。"天生我材必有用"意味着老天既然造就了我,我必然有存在的价值和意义。"千金散尽还复来"则表达了一种乐观的人生态度,即使财富失去了,也能够通过自己的努力重新赚回来。

少年行①二首·其一

唐·李白

击筑②饮美酒,剑歌③易水湄④。
经过燕太子,结托⑤并州儿。
少年负⑥壮气,奋烈自有时。
因声鲁句践,争情勿相欺。

注释

① 少年行:属乐府旧题,古代诗人一般以此题咏少年壮志,以抒发其慷慨激昂之情。
② 筑:古代的一种弦乐器。
③ 剑歌:舞剑和歌。荆轲典故,典出《史记·刺客列传》。
④ 湄:河岸,水与草交界处。
⑤ 结托:结交。
⑥ 负:仗恃,依靠。

译文

有志少年希望自己像高渐离一样在燕市击筑饮酒,像荆轲一样在易水岸边舞剑和歌,也想结识像燕太子丹这样的爱贤之士,结交像并州侠士一般的朋友。

少年时身负壮志,将来自有奋发而为的时机。如果再遇到像鲁句践这样的侠士,应该事先自报家门,秉持真诚,彼此珍惜,互相结交,不要在比拼或者交往过程中出现互相欺诈、互相伤害的情况。

浪漫充电站

> 少年视险阻如同平地,独自倚仗长剑在清秋时节凌空而行。

少年恃险若平地,独倚长剑凌清秋。
　　　　　　——唐·顾况《行路难三首》

> 年轻人怎么能容忍敌人入侵国家,让人民陷入战火之中呢?

鲜衣怒马少年时,能堪那金贼南渡?
　　　　　　——宋·佚名《鹊桥仙·岳云》

> 少年的意气风发,不受拘束,就如同老虎插上了翅膀,能够尽情高飞。

少年意气强不羁,虎胁插翼白日飞。
　　　　　　——宋·王安石《寄慎伯筠》

> 少年时就立下上揽云霄之志,曾许诺要做人世间第一流人物。

须知少日擎云志,曾许人间第一流。
　　　　　　——清·吴庆坻《题三十小象》

自古英雄出少年

"少年自当扶摇上,揽星衔月逐日光。"少年英雄霍去病官拜"骠骑将军",17岁时就开始四处征战,保家卫国,曾因赫赫战功,功冠三军,被汉武帝封为"冠军侯"。随后,他征战沙场,立下丰功伟绩,使匈奴远遁,漠南再无王庭。"匈奴未灭,何以为家?"这位少年就像纵马飞奔的风,为了实现理想抱负,从不停止奋进。

"金戈铁马,气吞万里如虎。"辛弃疾幼时,祖父常带他登高望远,指画山河,英雄壮词从此埋藏心头。他悲愤于金人统治下北方人民的悲惨生活,从此燃起斗志,将英雄气概和满腔热血挥洒沙场。他曾策马仗剑,追敌三天,取下贼人首级;也曾率领五十骑闯入金营,浴血奋战,生生从五万人中擒住叛徒。这便是少年,生来便流淌着英雄的热血,就算天子懦弱偏安,也被其壮志和热情感染。

古人笔下的思念之情

古人喜欢借物咏志,他们是用什么来表达思念的呢?

没错,古人会通过对事物的描写和叙述,表现自己对家人、亲人、朋友和故乡的思念。一起看看吧!

鸿雁

鸿雁是候鸟,每年秋季南迁,奋力飞回故巢的景象,常常引起游子思乡怀亲和羁旅伤感之情,因此诗人常常借雁抒情。也有以"鸿燕""雁书""雁足"等指代书信,如杜甫的"鸿雁几时到,江湖秋水多"。

莼羹鲈脍

"莼羹鲈脍"出自《晋书·张翰传》,据传晋朝的张翰当时在洛阳做官,因见秋风起,思家乡的美味"莼羹鲈脍",便毅然弃官归乡,从此便引出了"莼鲈之思"这一表达思乡之情的成语。

夜雨寄北①

唐·李商隐

君问归期未有期，
巴山②夜雨涨秋池③。
何当④共剪西窗烛⑤，
却话⑥巴山夜雨时。

> **注释**
>
> ①寄北：写诗寄给北方的人。
> ②巴山：这里泛指巴蜀一带。
> ③秋池：秋天的池塘。
> ④何当：什么时候。
> ⑤剪西窗烛：剪烛，剪去燃焦的烛芯，使灯光明亮。
> ⑥却话：回头说，追述。

> **译文**
>
> 你问我回家的日期，我却还没有确定的日子。此刻，巴山的夜雨淅淅沥沥，雨水涨满了秋天的池塘。不知什么时候我才能回到家乡，一起秉烛长谈，相互倾诉今宵巴山夜雨中的思念之情。

浪漫充电站

白话： 我对你的思念就像滔滔不绝的汶水。

诗词： 思君若汶水，浩荡寄南征。
——唐·李白《沙丘城下寄杜甫》

白话： 思念最妙的地方在于，它时浓时淡，若隐若现。

诗词： 思君如清风，晓夜常徘徊。
——南北朝·刘义恭《自君之出矣》

白话： 圆月会随着时间流逝逐渐暗淡。我就像这轮圆月，想你想得容颜憔悴。

诗词： 思君如满月，夜夜减清辉。
——唐·张九龄《赋得自君之出矣》

白话： 作为漂泊在外的游子，我满心思念着故乡，不停地远望故乡的方向。

诗词： 天涯倦客，山中归路，望断故园心眼。
——宋·苏轼《永遇乐·彭城夜宿燕子楼》

思乡情

有人说，乡愁就像漂流在外的小船，想回到停泊的地方。有人说，乡愁是一根风筝线，牢牢地拴住了我们的心。我的乡愁是深秋的落叶，飘得再远也会重回母亲的怀抱，植根故土。

乡愁是童年时祖父宽厚的手掌牵着我走过的乡间小路，是祖母在昏黄的灯光下为我缝补衣裳的专注神情，是母亲身上永远带着的家的芬芳，是父亲劳作后汗水里夹杂的质朴味道。

"望阙云遮眼，思乡雨滴心。"独自一人漂泊在外，更觉亲人的气息早已融入生活的每个瞬间，无法割舍。这些画面如同落叶般在时光中飘落，在心底堆成了思念的山丘，虽不压身，却足以让心湖泛起层层涟漪。这气息如同隐形的丝线，无论身处何方，只要轻轻拉动，就能将思绪拉回到那个充满爱的港湾。在寒冷的冬夜，那气息仿佛化作温暖的炉火，烘烤着冰冷的心房；在疲惫的归途，那气息又似明亮的灯塔，指引着家的方向。

古人如何表达自己的欣赏

勤奋、努力、认真……这些表扬别人的话,太千篇一律了,你知道有哪些既动听又文雅的表达吗?

其实,许多诗词就是现成的赞美佳句,今天,教你用诗词夸人夸出优雅和文化!

松柏

人们常用松柏来形容一个人品格坚韧。"松柏本孤直,难为桃李颜。"诗人通过对比松柏和桃李,赞美松柏的孤直品格,同时也暗示了自己对高洁品格的追求。"风声一何盛,松枝一何劲"强调风声的狂暴和松枝的坚韧有力,展现了松柏在恶劣环境中不屈不挠的精神。

玉树

"玉树"常被用来形容一个人品性高洁,文化艺术修养好。"宗之潇洒美少年,举觞白眼望青天,皎如玉树临风前""叔父朱门贵,郎君玉树高",都是形容少年人才不凡,具有出众的仪容、风度和才华。

赠孟浩然

唐·李白

吾爱孟夫子,风流天下闻。
红颜弃轩冕,白首卧松云①。
醉月②频中圣③,迷花不事君。
高山安④可仰,徒⑤此揖清芬⑥。

注释

① 卧松云:隐居。
② 醉月:月夜醉酒。
③ 中圣:醉酒。汉末曹操主政,禁酒。所以,当时人们都避讳说酒字,把清酒称为圣人,浊酒称为贤人。
④ 安:疑问副词,怎么,哪里。
⑤ 徒:只能。
⑥ 清芬:喻高洁的品德。

译文

　　我喜爱孟夫子,他潇洒的风度、高雅的情趣和出众的才华,闻名天下。少年时,孟先生放弃为官,不走仕途,一生闲云野鹤,年老时,仍闲适地隐居在青松白云之间。明月当空时,他常常把酒临风,酣畅痛饮,日常更喜欢陶醉于自然美景中。孟先生不慕荣利,自甘淡泊,不愿侍奉君王,不沉湎于功名利禄。像他这样高尚的人格和品德,我怎么能够仰望得到呢?我只能在这里,揖敬您高洁的品德。

浪漫充电站

白话： 你文章写得真好！

诗词： 笔落惊风雨，诗成泣鬼神。
　　　　　　　　——唐·杜甫《寄李十二白二十韵》

白话： 你从未被打败。

诗词： 千磨万击还坚劲，任尔东西南北风。
　　　　　　　　——清·郑燮《竹石》

白话： 衣着虽然简单粗糙，但满腹经纶。

诗词： 粗缯大布裹生涯，腹有诗书气自华。
　　　　　　　　——宋·苏轼《和董传留别》

白话： 长江后浪推前浪。

诗词： 桐花万里丹山路，雏凤清于老凤声。
　　　　　　——唐·李商隐《韩冬郎即席为诗相送因成二绝》

逢人说项

《全唐诗》中共有唐诗四万多首，诗人两千余人，而我们耳熟能详的，寥寥可数。但其中，有一位很幸运的诗人，凭一个成语留名后世，他叫项斯，而让他留名后世的成语，就是"逢人说项"。

项斯是晚唐诗人，很有才华，但有才华不一定会被看到，项斯就是如此。

当时，科举落第的项斯非常愁闷，他听说国子监祭酒杨敬之爱好文学，喜欢和读书人交朋友。于是，项斯带上自己的诗文，上门拜见。看了项斯的诗文，杨敬之非常喜欢，提笔写下一首《赠项斯》："几度见诗诗总好，及观标格过于诗。平生不解藏人善，到处逢人说项斯。"

幸运的是，接下来发生的事，如杨敬之所说的一样。杨敬之走到哪里，都会推荐项斯，项斯的名气一下子打开了。第二年，项斯就进士及第，步入了仕途。

"逢人说项"成为一个成语，比喻到处推荐某人。

很多人羡慕项斯遇到了"慧眼识人"的杨敬之，不然他也不可能扬名立万。正如韩愈所说：世有伯乐，然后有千里马。千里马常有，而伯乐不常有。

对自由的向往

古人常在诗词里描述出对自由生活的向往。你能举出例子吗？

当然，下面这些描述，或许你也曾在古诗中读到过。

浮云

浮云象征着自由和不受束缚。例如，辛弃疾在《鹧鸪天·欲上高楼去避愁》中写道，"浮云出处元无定，得似浮云也自由"，表达了自己对像浮云一样自由自在生活的向往和追求。

归鸟

归鸟象征着回归自然和自由。例如，陶渊明的《归鸟·其三》中的"翼翼归鸟，驯林徘徊"，描绘了归鸟在林中自由飞翔的情景，表达出自己对自然和归隐生活的向往，以及远离官场、回归自然的愿望。

山水

山水常常象征着自然和自由。"花满渚，酒满瓯，万顷波中得自由"，实写美景，虚写心情，展现了作者的避祸之心和遁世之思。

终南别业[1]

唐·王维

中岁[2]颇好道,晚家[3]南山陲。
兴来每独往,胜事[4]空自知。
行到水穷[5]处,坐看云起时。
偶然值[6]林叟,谈笑无还期[7]。

注释

[1] 别业:相对"旧业"或"第宅"而言,指除了住宅,而后另置别墅,称为别业。终南别业,指作者在终南山的别墅。
[2] 中岁:中年。
[3] 家:安家。
[4] 胜事:美好的事。
[5] 穷:尽头。
[6] 值:遇到。
[7] 还期:回家的时间。

译文

中年以后,我厌尘俗喧嚣,有好道之心,晚年定居安家在南山脚下。兴致来了,就独自信步漫游,自得其乐。有时候,我随意而行,竟不知不觉走到流水的尽头,看似无路可走了,索性就地坐下来,看云卷云舒。偶然间,遇到行走于山林中的乡亲父老,我便与他们攀谈起来,说说笑笑,毫无拘束,甚至都忘了回家。

浪漫充电站

人生得意之时，应当尽情欢乐。

人生得意须尽欢，莫使金樽空对月。
——唐·李白《将进酒》

就算我脚穿草鞋，一身蓑衣，又怎样？照样过我的一生。

竹杖芒鞋轻胜马，谁怕？一蓑烟雨任平生。
——宋·苏轼《定风波·莫听穿林打叶声》

我一边采摘菊花，一边欣赏秀丽的山景。

采菊东篱下，悠然见南山。
——东晋·陶渊明《饮酒·其五》

没啥能让我留恋，也没啥能让我难受，因为我随性潇洒。

无恋亦无厌，始是逍遥人。
——唐·白居易《逍遥咏》

诗酒江湖，潇洒人生

李白，斗酒诗百篇，写尽江湖与人生。

李白一生有四爱。第一爱为交友，珍视友谊，以至于"桃花潭水深千尺，不及汪伦送我情"，孟浩然、汪伦等都是他的挚友，杜甫更是他的忘年之交。

第二爱为月亮。李白的月亮，是思乡之月，"举头望明月，低头思故乡"；是孤独之月，"孤月沧浪河汉清，北斗错落长庚明"；是理想之月："俱怀逸兴壮思飞，欲上青天揽明月"。

"五花马，千金裘，呼儿将出换美酒，与尔同销万古愁。"李白的第三爱是酒。"举杯邀明月，对影成三人"，酒就像李白孤独的灵魂的慰藉，他贪恋美酒，可美酒有时也解不了他的万千愁绪，所以"抽刀断水水更流，举杯消愁愁更愁"。

李白的第四爱，便是喜欢游山玩水。他一生中游历了许多地方，从蜀地到中原，甚至远至边塞。写泰山"登高壮观天地间，大江茫茫去不还。黄云万里动风色，白波九道流雪山"，展现了泰山的雄伟壮阔；写黄河"黄河之水天上来，奔流到海不复回"，凸显了黄河的磅礴气势；写蜀道"蜀道之难，难于上青天"，将蜀地山川的险峻奇绝表现得淋漓尽致。

心中的意难平

不开心时,我们都说好气啊、好烦啊。古人也都这么直白地表达吗?

古人表达情绪是很委婉的,他们通常会通过一些象征和意象来表达意难平。

落花

落花象征美好事物的消逝,表达对美好时光逝去的遗憾。晏殊笔下的"无可奈何花落去,似曾相识燕归来",以花儿无奈凋零,落入尘土,以及似曾相识的燕子归来,感叹时光流转、物是人非的无奈。

月亮

月亮常用来表达人生的悲欢离合与失落。例如,苏轼的"人有悲欢离合,月有阴晴圆缺"。人世间总有悲欢离合,就像月亮有阴晴圆缺一样,这些自古以来都是难以周全圆满的。

流水

流水象征光阴的流逝和无法挽回的遗憾。例如,李煜笔下的"流水落花春去也,天上人间",形容的是春残的景象,也比喻时光的消逝。

示 儿

宋·陆游

死去元^①知万事空，
但悲不见九州^②同。
王师^③北定^④中原日，
家祭无忘^⑤告乃翁^⑥。

注释

① 元：通"原"，本来。元知：原本知道。
② 九州：这里代指宋代的中国。古代中国分为九州，所以常用九州指代中国。
③ 王师：指南宋朝廷的军队。
④ 北定：将北方平定。
⑤ 无忘：不要忘记。
⑥ 乃翁：你们的父亲，指陆游自己。

译文

我本来知道，当我死后，人间的一切就都和我无关了，但唯一使我痛心的，就是我没能亲眼看到祖国的统一。因此，当大宋军队收复中原失地的那一天到来之时，你们举行家祭，千万不要忘记把这好消息告诉我！

浪漫充电站

白话： 青春一去不复返。

诗词： 花有重开日，人无再少年。
　　　　——宋·陈著《续姪溥赏酴醿劝酒二首·其一》

白话： 人生如果都像初次相遇那般相处该有多美好。

诗词： 人生若只如初见，何事秋风悲画扇。
　　　　——清·纳兰性德《木兰花·拟古决绝词柬友》

白话： 我虽有一身报国的热血，却无奈年事已高。

诗词： 一身报国有万死，双鬓向人无再青。
　　　　——宋·陆游《夜泊水村》

白话： 那些美好的事和年代，只能留在回忆之中了。

诗词： 此情可待成追忆，只是当时已惘然。
　　　　——唐·李商隐《锦瑟》

回乡

假期，全家返乡走亲戚。在山路上颠簸了大半天后，中午时分，终于到了。

车子缓缓驶入村口，爷爷激动地走下车，沿着记忆中的小路，漫步在村中。村道上，人来人往。可除了爷爷的发小和家里的一些长辈外，好多乡亲爷爷都不认识了。许多陌生的脸庞，不知道是何时嫁来的姑娘；奔跑玩闹的小孩，也不知道家居何方。

这时，一个年轻人迎面走来。爷爷觉得面熟，试着打招呼："你是刚子吗？"年轻人答道："那是我爸！"爷爷一时恍惚，印象中这个年轻人的父亲还是个高中生。见我们一路走走停停，村里的年轻人和孩子们都好奇地问："爷爷，您是哪里的？找谁呀？"

"儿童相见不相识，笑问客从何处来。"爷爷自嘲似的说道："年少时读到这首诗，觉得贺知章真可怜，如今我成那个可怜人了。"

古人笔下的孤独

唉，孤独真让人烦恼，但不管是否喜欢，它总是存在。

别这么伤感，诗人很擅长通过意象展现不同层次的孤独意境，既有清冷孤寂之感，又透出超脱与雅致。

孤灯

"乱山横翠幛，落月淡孤灯。"在诗中，诗人用"落月"和"孤灯"两个意象，营造了一种凄清孤寂的氛围。

孤鸿

雁属鸟类，是一夫一妻制，常结对成行。孤鸿，即孤雁，鸣声悲楚。诗人常借其孤单、悲凄的特征来抒情。例如，"此意有谁知，恨与孤鸿远"。

孤舟

诗人常用孤舟象征漂泊的孤独感。杜甫笔下的孤舟，"亲朋无一字，老病有孤舟"，自己年老多病，亲朋好友音信全无，只有孤舟陪伴，表达了诗人的孤独寂寞和对亲朋好友的思念之情。

登幽州台①歌

唐·陈子昂

前不见古人②，
后不见来者③。
念天地之悠悠④，
独怆然⑤而涕⑥下。

注释

① 幽州台：即黄金台，又称蓟北楼，故址在今北京市大兴区，是燕昭王为招纳天下贤士而建造的。
② 古人：古代那些能够礼贤下士的圣君。
③ 来者：后世那些重视人才的贤明君主。
④ 悠悠：形容时间的久远和空间的广大。
⑤ 怆然：悲伤、凄恻的样子。
⑥ 涕：眼泪。

译文

我登上幽州台眺望远方，思绪万千。先代招贤的圣君，我不曾见到；后世求才的明主，要等到什么时候？茫茫宇宙中，广袤天地间，人生短暂，我却没遇到一个能赏识我的明君，不禁感到孤单寂寞，悲从中来，潸然泪下！

浪漫充电站

白话： 一个人喝闷酒。

诗词： 花间一壶酒，独酌无相亲。
——唐·李白《月下独酌四首·其一》

白话： 一个人自弹自唱。

诗词： 独坐幽篁里，弹琴复长啸。
——唐·王维《竹里馆》

白话： 夜深了，却找不到一个能和我一起讨论文章的人。

诗词： 天籁沉沉山月小，夜深文字与谁谈。
——宋·侯延年《灵岩夜月》

白话： 我一个人在雪地里行走。

诗词： 独往独来银粟地，一行一步玉沙声。
——宋·杨万里《雪冻未解散策郡圃》

岳飞的孤独心事

一个月色朦胧的夜晚，心情苦闷的岳飞，悄悄来到军营外，望着天上的明月，思绪万千。

他或许想到了金人对国家的侵略，或许想到了坚持多年的抗金大业，或许想到了无数枕戈待旦的英勇将士，以及被金人奴役的中原的父老乡亲们。他们都在盼望着，何时，何日，河山收复。为此，等弯了腰，等白了头。可到头来，他们，我们，等来的，却是一个"宋金和议"的可笑局面。

岳飞写下他满腔的愤懑与孤独："欲将心事付瑶琴。知音少，弦断有谁听。"

岳飞羡慕俞伯牙和锺子期。伯牙有子期这样的知音懂得自己的志向，实为人生一大幸事。反观自己，如今，朝堂上下，一片唯唯诺诺的议和声。自己收复山河的志向，有谁能懂呢？

虽然岳飞最后被奸臣所害，但他精忠报国的精神，千百年来一直激励着无数中华儿女勇往直前，自强不息。

古人的勤学精神

给我讲讲古人勤勉学习的故事，来帮我治治"拖延症"吧！

中华民族素有勤奋好学的传统，古人勤学的故事在历史上留下了很多佳话。

囊萤映雪

"囊萤"是指晋代车胤家贫，在夏夜捕捉萤火虫，盛入练囊用以照明夜读。"映雪"是指晋代孙康冬天夜里利用雪映出的光亮看书。这两个故事合成"囊萤映雪"这个成语后，用以形容夜以继日，苦学不倦。

以荻画地

"以荻画地"出自欧阳修的事迹。欧阳修幼年丧父，家境贫寒。母亲郑氏亲自教他读书识字。由于家里穷，买不起纸笔，母亲就用芦苇秆在地上写画，以此来教他写字。

焚膏继晷

"膏"指油脂，这里特指灯油；"晷"指日光。这个词的意思是点上油灯，接续日光，形容夜以继日地勤奋学习或工作。出自韩愈的《进学解》，"焚膏油以继晷，恒兀兀以穷年"。

劝①学

唐·颜真卿

三更②灯火五更鸡③，
正是男儿读书时。
黑发④不知勤学早，
白首⑤方⑥悔读书迟。

注释

① 劝：勉励。
② 更：古时夜间计算时间的单位，一夜分五更，每更约为两小时。午夜十一点到一点为三更。
③ 五更鸡：天快亮时，鸡啼叫。
④ 黑发：年少时期，指少年。
⑤ 白首：头发白了，这里指老年。
⑥ 方：才。

译文

勤勉的人半夜三更时分还在工作、学习，躺下稍稍歇息不久，五更天时，鸡一打鸣就又开始一天的学习和工作了，非常努力。如果年少时不勤勉学习，到老了才后悔读书少，就太迟了。

浪漫充电站

白话：光阴如流水，一去不再回。要珍惜青春年华，不要等老了再后悔。

诗词：少壮不努力，老大徒伤悲！
——汉·佚名《长歌行》

白话：多学习，多读书，才能写好文章。

诗词：读书破万卷，下笔如有神。
——唐·杜甫《奉赠韦左丞丈二十二韵》

白话：趁年少时，早点努力。

诗词：青春须早为，岂能长少年。
——唐·孟郊《劝学》

白话：读书就像农夫种地，一分耕耘一分收获。

诗词：但使书种多，会有岁稔时。
——宋·刘过《书院》

少年何妨梦摘星

2023年5月，神舟十六号载人飞船发射成功，第一位戴眼镜的航天员桂海潮颇受关注。出生在云南省保山市施甸县普通家庭的他，用"从小镇冲上太空"完美诠释了"勤奋改变命运"。

桂海潮从小就是"别人家的孩子"，小学老师对他的印象是喜欢提问，喜欢看书。2003年，神舟五号载人飞船发射成功，航天员杨利伟成为中国飞天第一人。当时还是高二学生的桂海潮，在心底种下梦想："希望有一天，我也能飞上太空。"

有了梦想，便有了奋斗的目标。他的高中班主任曾说："桂海潮非常能吃苦，相比于天赋，他更重要的是勤奋。"早上他最早到教室看书，晚上最后一个回到宿舍，吃饭错开高峰，洗漱间隙学习，熄灯后还打着电筒学习……经过不懈努力，他最终以全县高考理科第一的分数考入北京航空航天大学。上大学后，桂海潮一刻也没有松懈。整整9年，从本科到攻读完博士学位，继而从事博士后研究，在国际顶尖期刊发表过多篇学术论文。

20年坚持不懈的努力，终于等来飞向太空的机会。"少年何妨梦摘星，敢挽桑弓射玉衡。莫道今朝精卫少，且邀他日看海平。"那个梦想飞向太空的少年，如今真的去天上摘星星了。

与自己和解的智慧

最近我总是为一点儿小事焦虑，好想摆脱这种情绪。

太阳底下无新事，失意、焦虑自古以来就有，但优秀的诗人从不内耗，不妨看看这几位诗人。

李白

李白一生都渴望在政治上有所作为，然而始终未能实现其宏大抱负，但他并未因此而消沉，而是选择与自己和解，以一种乐观向上的态度面对人生的不如意。"长风破浪会有时，直挂云帆济沧海。"这句诗表达了他坚信自己总有一天能够乘风破浪，实现理想抱负的乐观态度。

陶渊明

东晋末年，社会动荡不安，官场黑暗腐败。陶渊明曾多次出仕，但最终因其不愿与世俗同流合污而选择归隐田园，"羁鸟恋旧林，池鱼思故渊"，在田园生活中找到了其内心的宁静与自由，"纵浪大化中，不喜亦不惧"，其豁达的心境在其田园诗中表现得淋漓尽致。

初出城留别

唐·白居易

朝从紫禁①归,暮出青门②去。
勿言城东③陌,便是江南路④。
扬鞭簇⑤车马,挥手辞亲故。
我生本无乡,心安是归处。

注释

① 紫禁:古时以紫微垣星座比喻皇帝的居处,所以称皇宫为紫禁城。
② 青门:又称青绮门,特指汉代长安城的东南门。本名霸城门,因其门色青,故俗称为青门或青城门。大部分入京赶考的举子落第返乡要从青门离开,官员外放也要从青门离开。
③ 城东:暗喻朝堂。
④ 江南路:指代江南一带。
⑤ 簇:聚拢在一块儿。

译文

早晨还是皇帝跟前的红人,众人仰慕的对象,晚上就被迫踏上山长水远的贬谪之路,人生就是这样起伏不定,谁又能把持得住。此行我将去往江南,离开之后,这里的事就与我无关了。车马已经齐备,启程的时间已到,是时候挥挥手向亲友和故乡告别了。辗转任职多地,本来就是我的宿命,只要远离毫无意义的"明争暗斗",去哪里任职其实都没有关系的,我本来就没有固定的家乡,能让我心安的地方,就是我的"家乡"。

你没有古人浪漫：遇见美妙古诗词

浪漫充电站

> 白话：不要提前焦虑，明天的事明天再说。

> 诗词：今朝有酒今朝醉，明日愁来明日愁。
> ——唐·罗隐《自遣》

> 白话：做自己该做的事，不要想太多。

> 诗词：但知行好事，莫要问前程。
> ——五代·冯道《天道》

> 白话：人生在世，学会笑口常开。

> 诗词：人生自在常如此，何事能妨笑口开？
> ——宋·陆游《杂感》

> 白话：不管是贫穷，还是富足，都应该保持快乐。

> 诗词：随富随贫且欢乐，不开口笑是痴人。
> ——唐·白居易《对酒五首》

以豁达穿风雨

性格决定命运。历史上无数的名人用他们的成败，为我们印证了这句话。

苏轼一生仕途坎坷，多次被贬谪，但他始终保持着乐观的生活态度。黄州是苏轼贬谪之路的开始，也是他人生当中浓墨重彩的一笔，更是他人生境界提高的关键。

初到黄州，苏轼在城外一块坡地垦辟耕作。他援引白居易的故事，将其取名为"东坡"，自号"东坡居士"；自建的简陋房屋，命名为"雪堂"；连满地乱石、凹凸不平的路面，他都毫不嫌弃，兴味盎然，"莫嫌荦确坡头路，自爱铿然曳杖声"。去往沙湖游览，突遇大雨，同行者狼狈躲雨，苏轼却吟诗信步而行，并写下表明自己人生信条的名句："竹杖芒鞋轻胜马，谁怕？一蓑烟雨任平生。"

更令人欣喜的是，喜好美食的苏轼还在当地开发出不少美食资源，甚至自嘲"自笑平生为口忙，老来事业转荒唐"。色泽红亮、糯而不粘的东坡肉，鲜嫩滑香的东坡鱼，"开瓮香满城"的蜂蜜酒，都是当年他自创的美食。面对困局，苏轼努力将痛苦变作快乐。既然无法选择命运，不如转换思路，从另一面去寻找美好。

飞花令

哀

相见若悲叹，哀声那可闻。
　　　　　　唐·李白《在浔阳非所寄内》

黄鹄去不息，哀鸣何所投。
　　　　　　唐·杜甫《同诸公登慈恩寺塔》

勇

东海有勇妇，何惭苏子卿。
　　　　　　唐·李白《东海有勇妇》

狡捷过猴猿，勇剽若豹螭。
　　　　　　三国·曹植《白马篇》

悲

莫向西湖歌此曲，水光山色不胜悲。
　　　　　　元·赵孟頫《岳鄂王墓》

死去元知万事空，但悲不见九州同。
　　　　　　宋·陆游《示儿》

欢

名花倾国两相欢，长得君王带笑看。
　　　　　　唐·李白《清平调三首·其三》

今年欢笑复明年，秋月春风等闲度。
　　　　　　唐·白居易《琵琶行》

愁

暝色入高楼，有人楼上愁。
　　　　　　唐·李白《菩萨蛮·平林漠漠烟如织》

一种相思，两处闲愁。
　　　　　　宋·李清照《一剪梅·红藕香残玉簟秋》

思

遥知未眠月，乡思在渔歌。
　　　　　　唐·杜荀鹤《送人游吴》

杨花榆荚无才思，惟解漫天作雪飞。
　　　　　　唐·韩愈《晚春》

第五章

对人生百态的思考

古诗词中写尽人生百态，有心酸有苦辣，有对人生不得意的呐喊，但同样，也有千古豪情，唯美景观，亲情友情。如今，我们总能在某一首诗中找到共鸣，因为那些流传至今的古诗词，所谱写的诗词都是你我他，芸芸众生，古今共鸣的意境。

给人力量的千古诗词

我发现很多诗词都能帮我们在面对困境时找到力量和慰藉。

没错,古人的很多诗句都以物言志,充满力量,治愈人心,不仅能自勉,还能鼓励他人。

梅花

梅花象征着坚强和高洁。"墙角数枝梅,凌寒独自开"这句诗描绘了梅花在寒冬中独自绽放的情景,象征着坚强不屈的精神。

竹子

"咬定青山不放松,立根原在破岩中"启示人们在面对生活中的重重困难和挫折时,要像竹子一样,坚忍不拔,坚守自己的信念和立场。

松柏

松柏四季常青,不畏严寒,象征着坚韧不拔、坚守气节的高尚品质。"自小刺头深草里,而今渐觉出蓬蒿。时人不识凌云木,直待凌云始道高",诗人自比为小松,认为只要有坚定的信念和不屈的精神,终能展现出强大的力量,获得他人的认可。

登飞来峰①

宋·王安石

飞来山上千寻塔②,
闻说③鸡鸣见日升。
不畏浮云④遮望眼⑤,
自缘⑥身在最高层。

注释

① 飞来峰：有两种说法：一种认为是浙江绍兴城外的宝林山。一种认为是今浙江杭州西湖灵隐寺前的灵鹫峰。
② 千寻塔：很高的塔。寻：古代长度单位，一寻等于八尺。
③ 闻说：听说。
④ 浮云：在山间浮动的云雾。
⑤ 望眼：视线。
⑥ 缘：因为。

译文

登上飞来峰峰顶高高的塔，听说每天鸡鸣时分在这可以看到旭日升起。不怕浮云遮挡我远望的视线，只因为如今我站在最高层。

浪漫充电站

> 只要不放弃努力，总会等到实现理想的机会。

他日卧龙终得雨，今朝放鹤且冲天。
——唐·刘禹锡《刑部白侍郎谢病长告，改宾客分司，以诗赠别》

> 保持本真，活出自我风采。

草木有本心，何求美人折？
——唐·张九龄《感遇十二首·其一》

> 追求理想，永无止境。

此兴若未谐，此心终不歇。
——唐·孟郊《咏怀》

> 没有什么能阻挡自己追求高远目标。

抬眸四顾乾坤阔，日月星辰任我攀。
——宋·苏轼《失题二首·其一》

做低头的麦穗

初一时，我转学到了新学校。开学第一天，母亲告诫我一定要认真读书。当时成绩尚算不错的我不以为意，有点儿自负地告诉母亲，我可以考得很好。

期中考试的结果却让我傻眼了，这个意外让我愧疚，痛苦地在房间里待了三天。母亲提议带我回家乡散散心。我没有拒绝，或许回到那片熟悉的土地，能让我找到重新站起来的力量。

坐在回乡的车上，我没精打采地睡着了。醒来时，抬头看见窗外有一片片麦田。我和母亲走在田垄上，金灿灿的成熟麦子顶着饱满的谷粒，伫立田间。母亲告诉我一句农谚："低头的麦穗，昂头的秕子。"稻穗低头，说明稻谷成熟饱满，只有空心的秕子才会昂头招摇。就像当初的那粒种子一样，它们经历了黑暗和等待，最终还是选择低头奋进。

原来，低头并非懦弱，懂得在"成熟饱满"时低头，怀揣谦卑之心才能心定。"试玉要烧三日满，辨材须待七年期。"新学期，我不再毛毛躁躁。上课时，我认真记笔记；回到家，我伏案读书；考试时，我认真答卷。我像麦子一样，低着头，积蓄了力量，取得了进步，兑现了当初的承诺。挺拔向上，确实很美，但有时稍显高傲；而低头奋进的美，则令人折服。我愿做一粒低头的麦穗，在成长的道路上不断积蓄力量，勇往直前！

古人的诗意生活

我们常说向往诗与远方，古人会怎么表达对舒适生活的憧憬呢？

古人会在诗词中通过比喻或者其他意象来勾勒理想生活的画卷。

山水田园风光

诗人常通过描绘自然美景表达对平淡闲适生活的向往以及超脱名利的心境的追求。如孟浩然的"开轩面场圃，把酒话桑麻。待到重阳日，还来就菊花"。诗人描绘了一幅美丽的田园风光图和乡村生活场景，体现了诗人对这种淳朴、自然的田园生活的向往和喜爱。

飞鸟与鱼

飞鸟常象征着自由、无拘无束的生活。如北宋文学家强至所写的"徘徊羡飞鸟，晓逐野云低"，表达了诗人对自然与自由的向往和追求。在传统文化中，鱼与"余"谐音，寓意着富足、有余，象征着物质生活的充裕和美满。如汉乐府《江南》中"江南可采莲，莲叶何田田，鱼戏莲叶间"，描绘了一幅江南水乡的美好生活画面。

归园田居五首·其三

东晋·陶渊明

种豆南山下，草盛豆苗稀。
晨兴①理荒秽②，带月荷锄③归。
道狭草木长，夕露沾我衣。
衣沾④不足⑤惜，但⑥使愿无违。

注释

①兴：起床。
②荒秽：形容词作名词，荒芜，指豆苗里的杂草。秽：肮脏，这里指田中杂草。
③荷锄：扛着锄头。荷，扛着。
④沾：（露水）打湿。
⑤足：值得。
⑥但：只。

译文

我在南山脚下种了豆子，可是田间杂草长得很茂盛，豆苗却稀稀疏疏的。所以，我每天一大早就去田间清除杂草，一直劳作到月亮升起，才扛着锄头回家。山间的道路很狭窄，两旁的草木长得很高，傍晚的露水打湿了我的衣裳。衣服被露水打湿了并不可惜，归隐田园本就是我的心愿。

浪漫充电站

白话：我不关心是是非非，因为我从来都不关心名利。

诗词：是非不到耳，名利本无心。
　　　　——宋·范仲淹《留题小隐山书室》

白话：没有烦心事，就是最好的时光。

诗词：若无闲事挂心头，便是人间好时节。
　　　　——宋·无门慧开禅师《颂平常心是道》

白话：读好诗，品好酒，在有限的时间里，做自己喜欢的事情。

诗词：且将新火试新茶，诗酒趁年华。
　　　　——宋·苏轼《望江南·超然台作》

白话：和亲朋享受美食，才是人间快乐事。

诗词：雪沫乳花浮午盏，蓼茸蒿笋试春盘。人间有味是清欢。
　　　　——宋·苏轼《浣溪沙·细雨斜风作晓寒》

夏蝉人生

夏日灼人，而蝉声未减，它们或栖于古木枝丫，或匿于树荫罅隙，怀着一种对生命的赞颂大声歌唱。燥热的天气，也许将它们衬显得更为聒噪，而它们不畏骄阳，不惧人议，只是一如既往地在自己生命最美的篇章里自由歌唱，那就是我向往的人生，如夏蝉一般无畏。

蝉的生命要经历漫长的蜕变过程。它们在黑暗的泥壤里奋力良久，无缘眼见日升月落，百花绽放；它们独自生活，无伴可依，却努力地呼吸着生命给予它的每一丝空气；蜕壳之际，它们冒着生命危险在晚风的拂弄下痛苦蜕变，成败仅此之举。终于，才换得生命中有且仅有一次的夏季。

这样的生命历程像极了我所向往的人生，虽然要接受无数挑战，但是后来居上的一路繁花一如那个夏季的欢畅。曾在他人熟睡之际，挑灯夜战；曾名落孙山，遭到无尽质疑与数落，以为自己终是无力蜕壳为蝉。咬牙，砥砺奋进，不堪与狼狈终被抛在身后，我足以骄傲地去迎接那个夏季。"居高声自远，非是藉秋风"，这就是我向往的人生，如夏蝉一般无怨无悔而不懈终生。

真挚的朋友情谊

古时候通信不发达,他们都是怎样和朋友联系的?

别担心,尽管山高水长,但友情却丝毫不减,他们是才华横溢的诗人,也是心灵相通的挚友,用诗歌来记录友情,反而更浪漫。

刘禹锡与柳宗元

"刘柳"的友谊是春风得意时相互支持,天涯沦落时不离不弃。二人被贬时,刘禹锡写给柳宗元,"桂江东过连山下,相望长吟有所思"。柳宗元安慰刘禹锡,"皇恩若许归田去,晚岁当为邻舍翁"。

白居易和元稹

"元白"的友谊是世间凉薄,我们彼此温暖。二人友谊深厚,白居易对元稹说,"同心一人去,坐觉长安空",言简意赅,却富含哲理,不求朋友成群,但求知己一人。元稹在听到白居易的不公遭遇后,"垂死病中惊坐起",为朋友的命运深深担忧。得此知己,此生无憾。

送杜少府①之②任蜀州

唐·王勃

城阙③辅三秦，风烟望五津④。
与君离别意，同是宦游⑤人。
海内存知己，天涯若比邻⑥。
无为在歧路，儿女共沾巾。

注释

①少府：官名。
②之：到，往。
③城阙：即城楼，指长安城。
④五津：指岷江的五个渡口，这里泛指蜀川。全句意为在风烟迷茫之中，遥望蜀州。
⑤宦游：出外做官。
⑥比邻：并邻，近邻。

译文

茫茫的三秦之地护卫着巍巍长安，而你要奔赴的蜀地却是一片风烟茫茫。临别时，不由得生出无限感慨，只因我们境遇相仿，都是奔走于仕途上的游子。别担心以后难得见面，知己心心相印，所以四海之内并不觉得遥远，即便是天涯海角，也感觉就像邻居一样。所以，我们分别之时，千万别像那些少男少女一样，哭哭啼啼的，豁达一些，坦然面对。

浪漫充电站

白话：不以贫贱富贵作为择友的标准。

诗词：人生贵相知，何必金与钱？
——唐·李白《赠友人三首·其二》

白话：是金子总会发光的。

诗词：莫愁前路无知己，天下谁人不识君。
——唐·高适《别董大二首·其一》

白话：再喝一杯酒吧！以后见一面不容易。

诗词：劝君更尽一杯酒，西出阳关无故人。
——唐·王维《送元二使安西》

白话：不管相隔多远，友谊长存。

诗词：相知无远近，万里尚为邻。
——唐·张九龄《送韦城李少府》

世界上的另一个我

我和好朋友静,如同彼此在世界上的另一个自己。我们是可以吐露真心的伙伴。我们见过彼此的脆弱难堪,依然选择陪伴。我们愿意陪对方做一些奇怪又可爱的事情,走过生活里的每个下雨天。

春天,我喜欢偕她于百花园中,嗅百花芳香,促膝长谈;夏夜,我喜欢与她坐在草地上,抱着双膝仰望繁星,领略星空的浪漫与悠远。

取得优异成绩时,我们真诚地表示:"祝贺你,我的挚友。"遇到挫折时互相勉励,遇到困难时互相提点。放学后,我们喜欢手拖着手,哼着歌回家,别人总说我们像两个快乐的"小疯子",我们会不约而同地冲对方大笑,一副"别人笑我太疯癫,我笑他人看不穿"的劲头。当然,我们也会有磕磕碰碰。可一旦有人欺负我,她会立即帮我出头;她犯错了,我会陪她一起受罚,最后"一笑泯恩仇"。我们的友情没有伪装,没有修饰,互相勉励,互相分享,吵架也只是小插曲而已。

"结交在相知,骨肉何必亲。"我和她曾经想要列一份友谊清单,可当手中握着白纸和笔时,却不知从何写起。我们像往常一样相视一笑,明白了我们的友谊就像这张白纸,没有既定的图案与色彩,永远蕴含着无尽的可能,等待着我们用真心去书写绚丽篇章。

感受温暖亲情

原来古时"双鲤"不仅表示书信往来，还间接象征亲情。

没错，除了"双鲤"，古人还用其他事物指代深厚的亲情。

萱草

萱草又被称为"忘忧草"，古时常被用来象征母亲和亲情。游子远行，母亲常常在自己居住的地方种植萱草，希望借此忘却思念游子的忧愁。孟郊《游子》中有"萱草生堂阶，游子行天涯。慈亲倚堂门，不见萱草花"的诗句。

棠棣

《诗经·小雅·常棣》中："常棣之华，鄂不韡韡。凡今之人，莫如兄弟。"以棠棣花的灿烂美丽，象征兄弟之间的亲密关系。后世常用"棠棣"来指代兄弟之情。

游子吟①

唐·孟郊

慈母手中线，游子身上衣。
临②行密密缝，意恐③迟迟归。
谁言寸草心④，报得三春⑤晖⑥。

译文

慈祥的母亲手里拿着针线，为即将远行的儿子赶制身上的衣衫。临行前，母亲一针针密密地缝制，心里担忧孩子这一去不知什么时候才能回来。母亲的爱深沉而伟大，如春日暖阳般无私地照耀着子女成长，而自己的孝心与母爱相比显得如此渺小，就像寸草相比于广袤的春晖，母亲的深情真是难以报答。

注释

① 吟：一种诗歌体裁，类似歌、行等。这里表示吟唱、吟诵。
② 临：将要。
③ 意恐：心里担心。
④ 寸草心：以小草的嫩芽比喻子女的孝心。寸草：小草，这里象征子女。
⑤ 三春：旧称农历正月为孟春，二月为仲春，三月为季春，合称三春。
⑥ 晖：春天灿烂的阳光，这里象征母爱。

浪漫充电站

白话：天气晴好，家人一起外出钓鱼，其乐融融。

诗词：日出两竿鱼正食，一家欢笑在南池。
——唐·李郢《南池》

白话：准备好佳肴，和兄弟姐妹共话家常。

诗词：草草杯盘共笑语，昏昏灯火话平生。
——宋·王安石《示长安君》

白话：愿孩子能平安健康，无灾无难。

诗词：惟愿孩儿愚且鲁，无灾无难到公卿。
——宋·苏轼《洗儿》

白话：一见面母亲便怜爱地说我瘦了，连声问我在外苦不苦。

诗词：见面怜清瘦，呼儿问苦辛。
——清·蒋士铨《岁末到家》

母爱，温柔了岁月

记忆深处，母爱是那盏深夜里的灯火，照亮我前行的道路。儿时的我，常常在夜晚因为害怕黑暗而难以入眠。这时，母亲总会在我房间，点亮一盏柔和的小灯，然后坐在床边，哼唱着轻柔的摇篮曲。她的声音，驱散了我心中的不安，让我在温馨中安然入睡。

母爱，是那碗清晨的粥，暖胃更暖心。记得有一次，我生病卧床，胃口全无。母亲便早早起床，为我熬制了一碗热气腾腾的小米粥，米香四溢，软糯可口。她小心翼翼地端着碗，一口一口地喂我，还不时地询问我的感受。那一刻，我仿佛能感受到母爱如粥般细腻、温润，减轻了我的病痛。

上了高中，我前往异地求学。初到陌生的地方，每当夜深人静，思念便如潮水般涌来。这时，母亲总会打来电话，温柔地询问我的近况，提醒我注意身体，好好学习。她的叮咛与嘱咐，让我感受到了家的温馨与牵挂。

"欲知慈母心，磊磊高山石。"愿每一位母亲都能被岁月温柔以待。

飞花令

力

力尽不知热，但惜夏日长。
唐·白居易《观刈麦》

力能排天斡九地，壮颜毅色不可求。
宋·王安石《杜甫画像》

情

落红不是无情物，化作春泥更护花。
清·龚自珍《己亥杂诗·其五》

多情只有春庭月，犹为离人照落花。
唐·张泌《寄人》

诗

晴空一鹤排云上，便引诗情到碧霄。
唐·刘禹锡《秋词二首·其一》

此身合是诗人未？细雨骑驴入剑门。
宋·陆游《剑门道中遇微雨》

友

洛阳亲友如相问，一片冰心在玉壶。
唐·王昌龄《芙蓉楼送辛渐》

落帽醉山月，空歌怀友生。
唐·李白《九日》

亲

落地为兄弟，何必骨肉亲！
东晋·陶渊明《杂诗十二首·其一》

三夜频梦君，情亲见君意。
唐·杜甫《梦李白二首·其二》

温

春寒赐浴华清池，温泉水滑洗凝脂。
唐·白居易《长恨歌》

未见温泉冰，宁知火井灭。
唐·李隆基《温汤对雪》

第六章

受用一生的座右铭

逆境，书写着勇气与希望的故事。古时，诸多诗人也曾被打压、被贬谪，经历过山河破碎，考场失意，人生失落。苦过，穷过，却从来不曾一蹶不振，而是在绝境中依旧讴歌人生，写下或自勉、或安慰朋友的诗词。愿大家在人生失意时仍能心怀热爱。所有过往，皆为序章。

凌云壮志

帮帮我，怎么写理想才能显得磅礴大气，又恢宏壮丽呢？

可以向诗人们学习一下，通过一些比喻和象征来表达对远大志向的追求。

鸿鹄

鸿鹄常被诗人用来比喻远大志向，或者志存高远的人。"知君志不小，一举凌鸿鹄"，表达对某人志向高远、未来充满希望的赞赏和鼓励。

北斗

北斗星具有指引方向的作用。诗人把志向比作星辰或北斗，象征着心中目标如同耀眼星辰，照亮前行道路，也像北斗一样为自己指引方向。

青云

青云象征高远的志向或美好的前程。"青云浩荡非难遇，天遣奇才独晚成"表达了作者所认为的只要心怀理想，即使晚一点成功也没关系的豁达。"好风凭借力，送我上青云"，曹雪芹借柳絮轻盈飘飞的形象，表达了追逐理想的愿望。

过零丁洋①

宋·文天祥

辛苦遭逢起②一经，干戈③寥落四周星④。
山河破碎风飘絮，身世浮沉雨打萍。
惶恐滩头说惶恐，零丁洋里叹零丁⑤。
人生自古谁无死？留取丹心照汗青⑥。

译文

早年间，我历尽千辛万苦经过科举考试进入仕途，希望报效国家。自从起兵抗元以来，如今在兵荒马乱的战斗生活中，已经稀稀落落地经过了四年时间。如今，山河破碎，国家危在旦夕，似那狂风中的柳絮。自己如雨中浮萍，漂泊无根，时起时沉。惶恐滩的惨败让我至今依然惶恐，可叹我在零丁洋里身陷元虏，自此孤苦无依。自古以来，人终不免一死！倘若能为国尽忠，大丈夫自当取义成仁，仍可光照千秋，青史留名。

注释

① 零丁洋：即"伶仃洋"。现在广东省珠江口外。
② 起：经过，凭借。
③ 干戈：指抗元战争。
④ 四周星：四周年。文天祥从起兵抗元到被俘，一共四年。
⑤ 零丁：孤苦无依的样子。
⑥ 汗青：同汗竹，即史册。古代在竹简上书写，先用火烤干其中的水分，干后易书写而且不受虫蛀，也称汗青。

浪漫充电站

白话： 心有大志的人，年龄不是阻碍。

诗词： 老骥伏枥，志在千里；烈士暮年，壮心不已。
　　　　　　　　　　　　——东汉·曹操《龟虽寿》

白话： 胜败乃兵家常事，任何时候，都要不抛弃不放弃。

诗词： 江东子弟多才俊，卷土重来未可知。
　　　　　　　　　　　　——唐·杜牧《题乌江亭》

白话： 好男儿志在报效国家。

诗词： 男儿何不带吴钩，收取关山五十州。
　　　　　　　　　　——唐·李贺《南园十三首·其五》

白话： 别担心无路可走，总有解决问题的办法。

诗词： 山重水复疑无路，柳暗花明又一村。
　　　　　　　　　　　　——宋·陆游《游山西村》

苔 花

　　同学推荐我参加演讲比赛，想到上次的失败，心中难掩不安，这次我能做到吗？我有些丧气地趴在书桌上，余光一转，看到墙脚的苔藓，绿芽边缘带着些枯黄，心里有些难过。

　　几天后，我忽地发现原先枯黄的叶片旁，长出了小嫩芽，我愣了愣。上次失利后，我一遍遍地练习技巧，钻研方法，不就是渴望得到证明自己的机会吗？

　　我静下心来，一字一句写下稿子，认真练习，体会情感，用心感受。正式演出那天，我鼓起勇气，一步一步地走到舞台中央，开始了我的朗诵。起先我的手心沁出了冷汗，但想到所有人都在台上绽放自我，我想我一定也可以。台下的掌声雷动！我成功完成了一场精彩的演讲！

　　回到家后，我发现墙脚的苔藓开花了！"苔花如米小，也学牡丹开。"即使是渺小如米粒的苔花，有了开花的梦想，一点一点地积蓄力量，也可以散发芬芳。我举起手中的证书，开心地向它们分享了我的喜悦。

自省才能更快提升

古人常说吾日三省吾身,他们都会做什么呢?

这句话本意是说人要常常自省,才能得到提升,所以古人会通过多种方式来警诫自己。

座右铭

座右铭是古人放在座位右边用来警诫自己的铭文。许多文人墨客都有自己的座右铭。例如,东汉崔瑗的《座右铭》是比较著名的一篇。"无道人之短,无说己之长",就是提醒自己不要议论别人的短处,也不要炫耀自己的长处。诸葛亮的《诫子书》也常被视为座右铭性质的文字,"非淡泊无以明志,非宁静无以致远"。

戒文与戒书

古人通过书写戒文、戒书来警诫自己,这些文献中充满了对行为的规范以及对思想的警示。例如,《道德经》中的"知足不辱,知止不殆,可以长久"。

芙蓉楼送辛渐二首·其一

唐·王昌龄

寒雨连江①夜入吴②，
平明③送客楚山④孤。
洛阳亲友如相问，
一片冰心⑤在玉壶⑥。

注释

① 连江：雨水与江面连成一片，形容雨很大。
② 吴：古代国名，这里泛指江苏南部、浙江北部一带。江苏镇江一带为三国时吴国所属。
③ 平明：天亮的时候。
④ 楚山：楚地的山。这里的楚也指南京一带，因为古代吴、楚先后统治过这里，所以吴、楚可以通称。
⑤ 冰心：比喻纯洁的心。
⑥ 玉壶：玉做的壶。比喻人心地纯洁。

译文

迷蒙的烟雨，笼罩着整条大江。寒凉的秋意，仿佛一夜之间就来到了吴楚之地。清晨，送别朋友（辛渐）后，我极目远眺，望着远处孤零零兀立的群山，心生愁绪。我的朋友，你到了洛阳后，如果有亲友向您打听我的情况，就请转告他们，我的心依然像玉壶里的冰一样纯洁，未受功名利禄等世情的玷污。

浪漫充电站

白话： 不能只顾着享受，应该有更高的追求。

诗词： 莫学游侠儿，矜夸紫骝好。
——唐·王昌龄《塞下曲四首·其一》

白话： 难得糊涂。

诗词： 是非入耳君须忍，半作痴呆半作聋。
——明·唐寅《警世》

白话： 保持勤俭的美德。

诗词： 历览前贤国与家，成由勤俭破由奢。
——唐·李商隐《咏史二首·其二》

白话： 千锤百炼，才会成长。

诗词： 不经一番寒彻骨，怎得梅花扑鼻香。
——唐·黄檗《上堂开示颂》

光景不待人

时间是一位公正无私的裁判，赋予众人等额的财富，既无偏袒，也无吝啬。但每个人对时间大相径庭的态度，却勾勒出完全不同的人生轨迹。

往昔岁月，诸多贤达以行动彰显珍惜时光的要义。清晨，祖逖便已抖擞精神，在鸡鸣声中挥剑练武，砥砺自我，终成一代名将。

司马光为编撰《资治通鉴》，做了一个"警枕"，稍一翻身，圆木滚落便会被惊醒，立刻起身笔耕不辍，不舍昼夜，终成史学巨著。

鲁迅先生一生撰写和翻译了诸多著作，为我们留下了宝贵的精神财富。他的人生恰如其言："时间就像海绵里的水，只要愿挤，总还是有的。"

但环顾周遭，不乏虚度光阴之辈。他们或陷于短视频、网络小说的虚幻快乐，或慵懒地沉迷于游戏，消磨大好年华，任由时光如细沙般从指缝间悄然溜走。他们心存侥幸，误认为岁月悠长，岂料不经意间，青春已如飞鸟掠过，了无痕迹。等到幡然醒悟，只剩两手空空。

坚持不懈的力量

我在作文里引用了愚公移山的故事，你还能给我推荐一些类似的故事和诗词吗？

中华民族素来有坚韧不拔的精神，古人的坚韧意志和不屈精神在历史上留下了很多佳话。

大禹治水

三皇五帝时期，尧帝让鲧负责治水，但鲧治水九年未成功。舜帝即位后，任用鲧的儿子禹继续治水。禹带领百姓风餐露宿，不辞辛劳，三过家门而不入，终于治水成功，使百姓重返家园，恢复生产。

铁杵磨针

相传李白年少时读书不认真。一次，他看到一位老妇人拿着一根铁杵在溪边石头上用力磨着，李白好奇询问，老妇人说要把铁杵磨成针。李白深受触动，从此发愤读书。

磨穿铁砚

五代时期，桑维翰一心想考取进士。因他姓桑，"桑"与"丧"同音，有人劝他放弃科举，以免触霉头，他却铸了一个铁砚，说等铁砚磨穿才改志。他刻苦攻读，最终进士及第。

上堂开示颂

唐·黄檗

尘劳①迥脱②事非常，
紧把③绳头做一场。
不经一番寒彻骨，
怎得梅花扑鼻香。

注释

①尘劳：世俗事务的烦扰。
②迥脱：远离，指超脱。
③紧把：紧紧握住。

译文

摆脱世俗烦恼不是一件容易的事，必须竭尽心力才能有所成就。如果不经历冬天的刺骨严寒，梅花又怎么能够散发出扑鼻的芳香。

浪漫充电站

白话： 尽管道路漫长曲折，但我愿意努力探求。

诗词： 路漫漫其修远兮，吾将上下而求索。
　　　　　　　　　——先秦·屈原《离骚》

白话： 努力的人，不怕大器晚成。

诗词： 古人学问无遗力，少壮工夫老始成。
　　　　　　　　——宋·陆游《冬夜读书示子聿》

白话： 总有一天，我会乘风破浪，取得成功。

诗词： 长风破浪会有时，直挂云帆济沧海。
　　　　　　　　——唐·李白《行路难三首·其一》

白话： 精卫鸟衔着微小的树枝，打算填平苍茫的大海。

诗词： 精卫衔微木，将以填沧海。
　　　　　　——东晋·陶渊明《读山海经十三首·其十》

登山课

那年夏天,我输掉了准备已久的航模比赛,失利像一块沉重的石头,压得我喘不过气。爸爸见我一脸沮丧,安慰道:"今天好好休息,明早我们一起爬山去。"我疑惑地皱了皱眉,不明白爸爸的用意。

第二天,天还没亮,天空还点缀着几颗残星,我和爸爸便沿着蜿蜒的山路开始登山了。没过多久,我便感到体力不支,气喘吁吁地靠在路边的大树上。爸爸微笑着鼓励我:"别放弃,休息一会儿再继续。"

于是,我振作精神,继续向山顶进发。终于,在太阳即将升起的时候,我们登上了山顶。此时,太阳已经在另一座山的背后露出了头,爸爸指着朝阳说:"看,太阳也和我们一起爬上来了。如果你在半山腰就放弃了,还能看到这样的美景吗?所以,别轻易说放弃。"

爸爸的话让我想到了一句诗,"山光物态弄春晖,莫为轻阴便拟归",诗人劝告友人只有坚持下来,才能看到山上的最美风景。是啊,如果我半途而废,恐怕也难和美景相遇了。

抗争命运的决心

人都说自然之力不可抗衡，可华夏儿女偏信：人定胜天。

其实，在我们从小就耳熟能详的故事里，便藏着中国人不向自然和命运屈服的精神。

精卫填海

炎帝的小女儿女娃去东海游玩时溺亡，死后其灵魂化作精卫鸟，衔着树枝和石块，想要填平东海，日复一日，从不间断。故事中，大海代表强大的自然力量，象征着命运的无常和残酷。精卫的行为尽管在旁人看来可能是徒劳的，但她依然坚持，展现出不向命运低头的顽强精神。

神农尝百草

远古时，人们常因误食有毒植物或无药治病而丧命。作为部落首领，神农不顾危险，亲尝百草以辨其性。神农的行动，开启了人类认识植物药用价值的大门，表明人类可以凭勇气和坚韧，掌握自己的生命轨迹，而不是听天由命。

赋得古原草送别

唐·白居易

离离①原上草，一岁一枯荣②。
野火烧不尽，春风吹又生。
远芳③侵④古道，晴翠接荒城。
又送王孙⑤去，萋萋⑥满别情。

注释

① 离离：青草茂盛的样子。
② 荣：茂盛。
③ 芳：指野草那浓郁的香气。"远芳"指的是远处的野草散发出来的芳香，这里用嗅觉来表现野草生长得极为茂盛，连远处都能闻到其芬芳。
④ 侵：侵占，长满。
⑤ 王孙：本指贵族后代，这里指远方的友人。
⑥ 萋萋：形容草木长得茂盛的样子。

译文

原野上长满茂盛的青草，年年岁岁枯萎了再度萌发。这野草是烧不尽的，春风一吹，它们又会焕发生机。远处芬芳的野草遮没了古道，在阳光的照耀下，明丽翠绿的草原一直蔓延至远方的荒城。又一次要送别友人，那茂盛的野草仿佛也充满了离别的愁情。

你没有古人浪漫：遇见美妙古诗词

浪漫充电站

白话： 王侯将相不是天生的，男儿要发奋图强。

诗词： 将相本无种，男儿当自强。
——宋·汪洙《神童诗》

白话： 我要重新为祖国收复疆土。

诗词： 待从头、收拾旧山河，朝天阙。
——宋·岳飞《满江红·写怀》

白话： 要做一个清白坦荡的人。

诗词： 粉骨碎身浑不怕，要留清白在人间。
——明·于谦《石灰吟》

白话： 谁说女子不能上战场报效祖国。

诗词： 莫谓蛾眉难报国，也能替父远从军。
——清·费墨娟《木兰从军》

擎灯者

　　张桂梅，一个普通而闪光的名字。为支援国家边疆建设，她从北国奔赴西南边疆。在云南一个僻远的小县城，张桂梅立志用教育扶贫斩断贫困代际传递，于是她倾力为贫困女孩办了一所免费的女子高中。

　　她一次次讲述乡村里的辍学故事，一遍遍讲述自己的所思所想："一个受过教育的女性，可以阻断贫困代际传递，改变三代人的命运。"

　　"亦余心之所善兮，虽九死其犹未悔。" 十多年来，张桂梅就像幽暗里的一束光，在黑暗中为上千名的农村女孩照亮前行的路，把她们送出大山、送进大学，走向更广阔的人生。

不被困难击垮的勇气

描写一个人有勇气面对挫折，怎么才能更有感染力呢？

诗人常常借物咏志，通过描绘具有坚韧、不屈特性的物体来象征勇气和坚韧不拔的精神。

梅花

梅花傲霜斗雪，不怕打击挫折，不屈不挠，纯净洁白，是坚强、高洁人格的象征。"无意苦争春，一任群芳妒。零落成泥碾作尘，只有香如故。"梅花即使凋零飘落，被碾作尘土，香气依然如故，诗人借梅花表达了自己虽遭遇坎坷，但始终坚韧其心的情怀。

菊花

菊花象征坚贞、高洁的品质。"花开不并百花丛，独立疏篱趣未穷。宁可枝头抱香死，何曾吹落北风中。"宁愿在枝头紧紧拥抱那份属于自己的芬芳，直至生命的最后一刻，也绝不轻易在凛冽的北风中凋谢。诗人借菊花表达生命的意义不在于繁华的表面，而在于内心的坚持与信念。

秋词二首·其一

唐·刘禹锡

自古①逢秋悲寂寥②,
我言秋日胜春朝③。
晴空一鹤排云④上,
便引诗情到碧霄⑤。

注释

① 自古:从古以来,泛指从前。
② 寂寥:萧条空寂,这里指景象凄凉。悲寂寥:悲叹萧条空寂。
③ 春朝:春天的早晨,亦泛指春天。
④ 排云:推开白云。排:推开,有冲破的意思。
⑤ 碧霄:青天,蓝天,天空。

译文

自古以来,文人墨客都悲叹秋天萧条、凄凉、空寂。我却说秋天远远胜过春天。秋日天高气爽,晴空万里。一只仙鹤推开白云,直冲云霄,也激发我的诗情飞向万里晴空。

浪漫充电站

将时间放在自己热爱的事情上，懂你的人自然懂你。

丈夫志四海，万里犹比邻。
——三国·曹植《赠白马王彪》

少年应有凌云之志，怎么能总是顾影自怜，独自哀怨呢？

少年心事当拏云，谁念幽寒坐呜呃。
——唐·李贺《致酒行》

做一件事情，最好的时间就是现在。

莫道桑榆晚，为霞尚满天。
——唐·刘禹锡《酬乐天咏老见示》

好男儿应该立志为自己的事业奋斗，怎么能游手好闲呢？

业无高卑志当坚，男儿有求安得闲。
——宋·张耒《示秬秸》

挫折当道无有惧

历史的洋洋大观，振奋着青年，视失败如"细浪"，视挫折如"泥丸"。

"恐逢故里莺花笑，且向长安度一春。"这是唐代诗人常建自己的故事。因贪图游山玩水，结果考试时名落孙山，又怕返乡受人嘲笑，于是下决心在长安苦学一年。这或许也是他废寝忘食、悬梁刺股的一年。在第二年的考试中，他一举夺魁，如愿以偿。

在现代，更有面对挫折而坚持奋斗的人。

屠呦呦甘坐实验冷板凳，十年如一日，青蒿素之功传唱天下；袁隆平孤身一人，向农业高峰发起挑战，保障世界五分之一人口温饱；于敏扎根戈壁，奉献一生，茫茫大漠之中，氢弹之威震惊世界。当家国重担落在肩头，他们凭借过硬本领，发出个人之声。挫折当前，他们锤炼个人修为，毫无畏惧。

"千淘万漉虽辛苦，吹尽狂沙始到金。"在追求理想，成就事业的过程中，我们总会遇到困难，需要经历反复的磨砺与筛选，才能于困境中成长，于挫折中涅槃。

飞花令

志
穷且益坚,不坠青云之**志**。
　　　　　　　　唐·王勃《滕王阁序》
志士贫更坚,守道无异营。
　　　　　　　　唐·孟郊《答郭郎中》

忍
白雪青羝君**忍**耐,招魂取寄伴苏卿。
　　　　　　　　明·卢鍊《读张文烈遗稿》
已**忍**伶俜十年事,强移栖息一枝安。
　　　　　　　　唐·杜甫《宿府》

励
当世若无知止者,公朝何以**励**贪夫。
　　　　　　　　宋·袁说友《知止堂》
中年颇自**励**,已叹岁月短。
　　　　　　　　宋·陆游《掩卷有感》

功
功盖三分国,名成八阵图。
　　　　　　　　唐·杜甫《八阵图》
今我何**功**德,曾不事农桑。
　　　　　　　　唐·白居易《观刈麦》

名
一朝事将军,出入有声**名**。
　　　　　　唐·高适《杂曲歌辞·蓟门行五首》
声**名**冠寰宇,文物象昭回。
　　　　　　　　唐·骆宾王《帝京篇》

勤
黑发不知**勤**学早,白首方悔读书迟。
　　　　　　　　唐·颜真卿《劝学》
学向**勤**中得,萤窗万卷书。
　　　　　　　　宋·汪洙《勤学》